ANTIKE GEHEIMNISSE

DETEKTIVGESCHICHTEN AUS LOCUST POINT
BUCH 3

LIBBY HOWARD

Übersetzt von
MARION BLUSCH

1

„Miss Kay, ich habe den Zuschlag bekommen! Sie gehört mir!" Henry sprang auf und ab und schlug mir fast die Kelle auf den Kopf, mit der er herumfuchtelte. Nummer zweiundfünfzig. Laut Auktionator hatte mein dreizehnjähriger Freund gerade eine ramponierte Unterhaltungskonsole aus den Sechzigern für den stolzen Preis von dreißig Dollar erstanden. Sein Vater hatte ihm vierzig Dollar gegeben und gesagt, er solle das Geld sinnvoll ausgeben. Ich wusste nicht, ob Richter Beck die Konsole für eine sinnvolle Investition halten würde, aber ich war froh, dass er beschlossen hatte, Henry sein Interesse für Antiquitäten erforschen zu lassen, ohne ihm zu viele Vorschriften aufzubürden.

Der Junge war so aufgeregt gewesen, als er erfahren hatte, dass ich zu einer Versteigerung ging, dass er darum gebettelt hatte, mitzukommen. Ich hatte seinem Vater versprochen, dafür zu sorgen, dass Henry nichts Lächerliches mit nach Hause brachte, und er hatte seine Erlaubnis gegeben. Ich war froh, dass er mitgekommen war und überlegte, wofür ich den Erlös aus dem Verkauf der Gegenstände von meinem Dachboden ausgeben sollte. Mit dem Geld, das ich für den hässlichen Krug bekommen hatte, hatte ich für die Reparatur des Whirlpools bezahlt, aber es war mir gelungen, weitere dreihundert Dollar zusammenzukratzen, und ich beschloss, etwas Besonderes für das Haus damit zu kaufen.

Es war aufregend, aber mir wurde immer noch eng in der Brust, wenn ich an die Haushaltsauflösungen dachte, die ich in der Vergangenheit besucht hatte. Eli und ich hatten immer an Versteigerungen teilgenommen und Flohmärkte besucht, an denen wir Antiquitäten und restaurierte Baumaterialien kauften. Am Anfang hatten wir das heruntergekommene viktorianische Haus repariert und nach Bleiglasfenstern und Innen- und Außenverkleidungen gesucht. Später hatten wir Beleuchtungskörper, Ersatzteile für die Reparatur des Speisenaufzugs und geschmackvolle Kleinigkeiten gekauft, die den Antiquitäten aus dem letzten Jahrhundert eine moderne Note verliehen. Er wäre bestimmt gerne mitgekommen und hätte sich genauso über unsere Einkäufe gefreut wie Henry über seine Unterhaltungskonsole.

„Miss Kay, Miss Kay", zischte Henry und stieß mich mit dem Ellbogen an. Es schien ihm völlig entgangen zu sein, dass man bei einer Versteigerung so gleichgültig und desinteressiert wie möglich aussehen musste.

Ich mochte zwar desinteressiert aussehen, war jedoch genauso begeistert wie er, denn als Nächstes war das Stück an der Reihe, das ich kaufen wollte. Laut Broschüre war es ein Sheraton-Sideboard aus Mahagoniholz mit Intarsien, das aus dem späten neunzehnten Jahrhundert stammte. Deshalb hatte ich mir Suzettes Pick-up Truck ausgeliehen. Da wir jetzt auch eine Unterhaltungskonsole transportieren mussten, war ich besonders froh, dass wir nicht mein kleines Auto genommen hatten.

Das Anfangsgebot lag bei hundertfünfzig Dollar. Mir stockte der Atem. Ich hätte es wissen sollen. Als Henry merkte, dass ich mich für das Stück interessierte, zog er sein Handy heraus, suchte im Internet nach ähnlichen Modellen und flüsterte mir zu, dass der Preis bis auf dreitausend gehen könne. Ich hatte nur dreihundert. Und wenn die Gebote bei hundertfünfzig begannen, war es gut möglich, dass der Endpreis weit über meinem Budget liegen würde. Ich würde mit leeren Händen nach Hause gehen - abgesehen von Henrys Unterhaltungskonsole.

Ich bemühte mich, ruhig zu atmen und so gelangweilt wie möglich auszusehen, während Henry neben mir fast hyperventilierte. Seltsamerweise bot niemand hundertfünfzig Dollar für das Stück und der Auktionator senkte das Anfangsgebot auf hundert Dollar. Dann auf fünfundsiebzig. Dann fragte er nach einem Angebot. Ich wartete, denn Eli und ich hatten gelernt, dass es nie gut war, als Erste zu bieten.

„Vierzig", rief ein kleiner, rundlicher Mann mit Glatze und hob seine Kelle in die Höhe.

Der Auktionator verdrehte die Augen und verlangte fünfundvierzig. Ich zögerte bis zum letzten Moment, dann hob ich meine Kelle in die Höhe. Der kleine, rundliche Glatzkopf und ich trieben den Preis auf hundert Dollar, dann gesellten sich zwei weitere Interessenten dazu. Meistens baten Auktionatoren andere Bieter darum, zu warten, bis einer der beiden aktiven Bieter ausschied, aber dieser hier schien kein Problem damit zu haben, vier Bieter auf einmal zu berücksichtigen.

Kurz darauf ging der Preis auf zweihundert und der rundliche Mann mit der Glatze warf das Handtuch. Nun waren nur noch eine Fußball-Mama und ein metrosexueller Mann mit mir im Rennen. Bei zweihundertfünfzig nur noch ich und der metrosexuelle Mann. Ich hatte meine Gebote hinausgezögert, den Kopf geschüttelt und das Sideboard beäugt, als würde ich abschätzen, ob es so viel Geld wert war. Einige Male war der Auktionator kurz davor gewesen, den Zuschlag zu erteilen, als ich ein Gegenangebot machte.

Dreihundert. Ich schloss die Augen und wusste, dass ich mein Limit erreicht hatte. Mehr Geld hatte ich nicht. Sosehr mir dieses Sideboard auch gefiel, ich hatte nicht vor, in der Hitze des Gefechts mehr dafür auszugeben. Der Auktionator machte eine Pause und pries noch einmal die Vorzüge des Möbelstücks an, dann fuhr er fort und erhöhte auf dreihundertfünfzig. Na ja, es war einen Versuch wert gewesen. Immerhin würden wir Henrys Unterhaltungskonsole mit nach Hause nehmen.

Ich spürte, wie mir jemand einen gefalteten Zettel in die Hand drückte. Als ich nach unten blickte, sah ich, dass Henry seine Hand wegzog. Der Zettel, den ich jetzt in der Hand hielt, war kein Stück Papier. Es war ein Zehn-Dollar-Schein. Er hatte dreißig Dollar für seine Konsole ausgegeben und wollte mir den Rest zustecken.

„Kaufen Sie es", flüsterte er.

Ich brachte es nicht übers Herz, ihm zu sagen, dass zehn Dollar zu diesem Zeitpunkt vermutlich keinen Unterschied mehr machen würden. Stattdessen lächelte ich ihn dankbar an und hob meine Kelle in die Höhe.

„Dreihundertzehn!"

Ich erwartete, dass der metrosexuelle Mann mit dreihundertfünfzehn oder dreihundertzwanzig kontern und das Sideboard an ihn gehen würde. Es überraschte mich, dass der Auktionator den Mann wiederholt dazu drängen musste, sein Gebot zu erhöhen. Der metrosexuelle Mann schürzte die Lippen, kniff die Augen zusammen und überlegte. Dann schüttelte er den Kopf.

„Zum Ersten. Zum Zweiten. Zum Dritten. Verkauft für dreihundertzehn an Bieterin Nummer einundfünfzig."

Da weder Henry noch ich Geld für zusätzliche Einkäufe hatten, gingen wir zur Kasse, um abzurechnen. Ich versuchte immer wieder, ihm seine zehn Dollar zurückzugeben, aber er lehnte ab und bestand darauf, dass er genauso viel Freude an dem Sideboard haben würde wie ich. Das bezweifelte ich, aber der Junge schien Antiquitäten zu mögen, vielleicht war es ihm zehn Dollar wert, das Sideboard in unserem Esszimmer stehen zu haben.

Ich hatte nicht überlegt, wie wir es auf den Truck laden würden, als ich zur Versteigerung gefahren war. Früher waren Eli und ich jung und stark gewesen und hatten alles, was wir gekauft hatten, in einen Truck oder auf einen Anhänger geladen. Nachdem ich Henry mit seiner Unterhaltungskonsole geholfen hatte, stellte ich fest, dass ich nicht mehr so stark wie früher war und ein dreizehnjähriger Junge nicht genug Kraft hatte, um mit einer sechzigjährigen Frau zusammen ein Möbelstück auf die Ladefläche eines Pick-up Trucks zu hieven.

„Kann ich Ihnen behilflich sein?", fragte eine tiefe Stimme. Ich drehte mich lächelnd um und erblickte einen Mann, der aussah, als wäre er ungefähr Mitte sechzig. Sein schütteres Haar war kurz und eher silbern als braun, aber seine tätowierten Arme sahen muskulös aus. Er sah aus, als hätte er den Großteil seines Lebens im Fitnessstudio verbracht oder würde auch im Ruhestand schwere körperliche Arbeit verrichten.

„Das wäre sehr nett", sagte ich.

Es erschienen Lachfältchen um seine dunklen Augen herum, als er lächelte. Dieser Kerl musste früher ein verführerischer Herzensbrecher gewesen sein. Vermutlich war er das immer noch.

„Matt Poffenberger", sagte er und streckte mir die Hand entgegen.

„Kay Carrera." Ich schüttelte seine Hand und spürte die Schwielen an seiner Handfläche. Er hatte einen starken Händedruck. „Poffenberger. Sind Sie mit den Eigentümern verwandt?" Es war eine Nachlassversteigerung – der Nachlass der Familie Poffenberger. Es war ein bekannter örtlicher Name, aber nicht so gebräuchlich wie Smith oder Jones. Man musste keine übersinnlichen Fähigkeiten haben, um darauf zu kommen, dass ein Verwandtschaftsgrad bestehen musste.

Er nickte. „Meine Eltern. Meine Mutter ist vor zehn Jahren gestorben und mein Vater ist letzten Winter in ein Pflegeheim gezogen."

Ich runzelte die Stirn. „Tut mir leid, das zu hören. Es muss schwierig sein, mit anzusehen, wie die Besitztümer Ihrer Eltern unter den Hammer kommen."

„Es sind nur materielle Dinge. Die Familienfotoalben und ein paar Gegenstände mit sentimentalem Wert habe ich behalten, der Rest ist nicht wichtig", sagte er. Etwas in seinen Augen verriet jedoch, dass diese Versteigerung schwieriger war, als er angenommen hatte.

Er ging zur Unterhaltungskonsole hinüber und hob das eine Ende hoch, als würde sie nichts wiegen. Henry nahm das andere Ende und bemühte sich, genauso lässig auszusehen. Es gelang ihm nicht ganz.

„Ich halte das Gewicht und du versuchst, dein Ende auf die Ladefläche zu heben", sagte Matt.

Henry musste sich zwar anstrengen, aber es gelang ihm, zwei Beine der Konsole auf die Ladefläche zu hieven. Matt wartete geduldig, es schien ihm nichts auszumachen, ein schweres Möbelstück in den Armen zu halten.

„Spring auf den Truck und hilf mir, sie auf die Ladefläche zu schieben", wies Matt ihn an. Henry hüpfte wie ein Affe auf die Ladefläche und betrachtete die Konsole, als wäre sie ein unbezahlbares Museumsstück.

„Wir müssen genug Platz für Miss Kays Sideboard lassen", sagte Henry zu dem Mann und schob die Konsole vorsichtig zur Seite, um Platz für das andere Stück zu schaffen.

Matt band die Konsole fest, drehte sich zu meinem Sideboard um und strich mit der Hand über die Oberfläche. „Das war das Lieblingsstück meiner Mutter", sagte er in einem liebevollen, nostalgischen Ton.

Ich fragte nicht, warum er es nicht behalten wollte. Meine Eltern waren schon vor langer Zeit gestorben. So schwierig es auch gewesen war, mich von Dingen zu trennen, die mich an sie und meine Kindheit erinnerten, ich hatte mein Haus nicht mit zusätzlichen Möbeln und Krimskrams vollstopfen wollen, wie Mr. Peter auf der anderen Straßenseite es getan hatte. Außerdem hieß es noch lange nicht, dass ich mein Zuhause mit Dingen aus meiner Kindheit schmücken wollte, nur weil sie mir damals gefallen hatten. Meine Eltern hatten eine Vorliebe für den frühamerikanischen Stil aus der Mitte des neunzehnten Jahrhunderts gehabt, aber ich hätte mir lieber selbst ins Knie geschossen als ein Sofa mit massivem Eichenrahmen und Samtbezug in mein Wohnzimmer zu stellen.

„Es ist in guten Händen", versicherte ich ihm. „Es ist wunderschön. Es war reines Glück, dass ich den Zuschlag bekommen habe. Es passt perfekt zu den anderen Stücken aus dem neunzehnten Jahrhundert in meinem Haus."

Er lächelte. „Gut. Meine Mutter würde sich nämlich im

Grab umdrehen, wenn es kein gutes Zuhause bekommen würde."

Matt und Henry hoben das Sideboard auf die Ladefläche und schoben es vorsichtig neben die Unterhaltungskonsole. Dann holte Matt ein paar Umzugsdecken, die er auf das Sideboard legte, um zu verhindern, dass meine neue Errungenschaft auf dem Heimweg zerkratzt oder schmutzig wurde.

„Wie kann ich Ihnen die zurückgeben?", fragte ich. Eigentlich hatte ich keine Lust, am Abend noch einmal den ganzen Weg hierher zu fahren, aber ich hätte ein schlechtes Gewissen gehabt, wenn ich einfach so mit den Decken davongefahren wäre.

Er winkte ab. „Keine Sorge."

Ich wickelte den Rand einer Decke um die Ecke des Sideboards und schob sie unter eines der Seile. „Doch. Ich habe nichts für sie bezahlt und bezweifle, dass sie einfach nur so rumlagen. Wohnen Sie in Locust Point? Milford? Ich kann sie bei Ihnen vorbeibringen oder wir treffen uns irgendwo."

Er sah mich überrascht an, dann begann er zu grinsen. Plötzlich wurde mir klar, dass er mein Angebot völlig missverstanden hatte.

„Oder ich kann sie heute Abend hierher zurückbringen", fügte ich hastig hinzu. Ich hatte keine Lust zurückzufahren, aber es war besser als den Mann im Glauben zu lassen, ich wolle mich mit ihm verabreden.

„Hier." Er zog eine Visitenkarte aus seiner Hosentasche, kritzelte eine Nummer auf die Rückseite und reichte sie mir. „Rufen Sie mich an. Wir können uns gerne auf einen Kaffee treffen. Sie können die Decken dann zurückgeben."

Mein Gesicht war bestimmt so rot wie eine Tomate im

August. „Es macht mir nichts aus, sie hierher zurückzubringen—"

„Nachdem Sie bei der Versteigerung den ganzen Tag in der Sonne gestanden haben? Fahren Sie nach Hause, entspannen Sie sich und genießen Sie Ihr neues Möbelstück. Sie können die Decken später zurückgeben."

Bevor ich ein weiteres Wort sagen konnte, drehte er sich um und ging zur Versteigerung zurück. Ich stand mit seiner Visitenkarte in der Hand da und sah ihm nach.

„Ich glaube, er mag Sie", kommentierte Henry.

Toll, sogar ein Dreizehnjähriger hatte die Vibes gespürt. Wie zum Teufel sollte ich da wieder rauskommen? Ich stellte mir vor, wie ich in Rekordzeit eine Tasse Kaffee trank, Matt Poffenberger die Decken zuwarf und aus dem Café stürmte.

„Ich trauere immer noch um meinen Mann", sagte ich zu dem Jungen.

Er zuckte mit den Schultern und sah plötzlich viel älter als dreizehn aus. „Sie können sich trotzdem auf einen Kaffee mit ihm treffen. Vielleicht könnte sogar etwas aus Ihnen beiden werden."

Wie bitte? Ich musste mich verhört haben.

Henry verdrehte die Augen. „Man kann auch Spaß haben, wenn man alt ist. Lassen Sie uns nach Hause fahren. Ich möchte Papa zeigen, was ich gekauft habe."

Wir sicherten unsere neu erstandenen Schätze auf der Ladefläche des Trucks und fuhren nach Hause. Henry sang zur Musik im Radio und ich lächelte zufrieden. Abgesehen von der peinlichen Situation mit Matt Poffenberger war es ein fantastischer Tag gewesen. Richter Beck hatte Zeit mit seiner Tochter Madison verbringen können und ich war mit Henry zu einer Versteigerung gefahren, die er offensichtlich sehr genossen hatte. Ich nahm nicht an, dass Henry vorhatte, Auktionator zu werden, aber Versteigerungen zu besuchen würde eindeutig zu seinen Lieblingshobbys gehören. Ich wusste, dass sein Vater sich wünschte, dass er in seine Fußstapfen trat und Jurist wurde, aber selbst Juristen brauchten Hobbys.

Als wir vor dem Haus vorfuhren, runzelte Henry die Stirn. „Ich weiß nicht, was ich mit dieser Unterhaltungskonsole tun soll, Miss Kay. Ich habe sie gekauft, weil sie cool aussieht, aber vielleicht wäre es besser gewesen, wenn ich einen Tortenschrank gekauft hätte."

Ich fand es toll, dass er überhaupt wusste, was ein Tortenschrank war. „Na ja, wir könnten auf Pinterest nachsehen, was andere Leute mit alten Unterhaltungskonsolen gemacht haben. Vielleicht gibt dir das Inspiration. Vermutlich wäre es gut, wenn du sie reinigst und das Gehäuse abnimmst, um zu sehen, ob das Holz einen Wasserschaden hat. Wenn es beschädigt ist, könntest du es streichen oder ihm einen künstlich gealterten Look verleihen. Und wenn das Holz unversehrt ist, könntest du dir überlegen, es zu lackieren."

Er kaute nachdenklich auf seiner Unterlippe herum. „Denken Sie, dass ich es als Stereoanlage benutzen könnte? Vielleicht könnte ich die alten Lautsprecher durch Bluetooth-Lautsprecher ersetzen."

„Klar, das ist eine tolle Idee. Früher nahmen Audiogeräte viel mehr Platz ein als heute. Wenn du sie ersetzt, würde genug Platz für etwas anderes bleiben." Ich dachte an Weidenkörbe oder Schubladen.

Wir fuhren vor dem Haus vor und gingen hinein, um Richter Beck und Madison zu bitten, beim Ausladen zu helfen. Die beiden folgten uns zum Auto und begutachteten die Gegenstände auf der Ladefläche.

„Idiot", rief Madison und stieß ihren Bruder mit dem

Ellbogen an. „Was willst du denn damit? Alte Schallplatten abspielen?"

Ich wollte etwas zu Henrys Verteidigung sagen, biss mir jedoch auf die Zunge. Der Junge schien sich von den Neckereien seiner Schwester nicht beirren zu lassen. Er betrachtete die Konsole und neigte den Kopf zur Seite.

„Genau. Ich werde Bluetooth-Lautsprecher und einen Plattenspieler einbauen. Dann kann ich mein Handy anschließen oder alte Schallplatten abspielen. Das wäre cool."

„Siehst du? Nun weißt du, was du damit tun kannst", sagte ich, entriegelte die Heckklappe und kletterte auf die Ladefläche, um meinen neuen Schatz abzuladen.

„Es ist wirklich hübsch, Miss Kay", verkündete Madison und packte das eine Ende des Sideboards. Richter Beck nahm das andere. Richter Beck sah aus wie jemand, der im Laufe der Jahre schon viele schwere Möbelstücke herumgeschleppt hatte: resigniert und meinungslos.

„Esszimmer?", fragte der Richter mit hochgezogener Augenbraue.

„Ja." Ich hatte erwartungsvoll einen Platz freigeräumt, obwohl ich gewusst hatte, dass ich mich schrecklich fühlen würde, wenn ich mit leeren Händen nach Hause kam und die Wand auf der anderen Seite des Esszimmertisches leer blieb.

„Und wo kommt Henrys Monsterding hin?", fragte Madison und ging rückwärts die Treppe hoch. „An den Straßenrand für die Müllabfuhr am Mittwoch?"

Diesmal sah Henry einen Moment lang niedergeschlagen aus, erholte sich jedoch schnell wieder und streckte seiner Schwester die Zunge raus.

„Es reicht, Madison", sagte Richter Beck scharf. „Das ist Henrys neues Hobby. Sei nicht gemein."

Sie wurde blass und eine Sekunde lang glaubte ich, Tränen in ihren Augen zu sehen. „Tut mir leid. Ich habe es nicht so gemeint."

Ich war zwar Einzelkind, wusste jedoch, wie sehr Geschwister sich gegenseitig nerven konnten. Unter anderen Umständen hätte man so etwas wohl als Mobbing bezeichnet. Gleichzeitig wusste ich, dass die beiden jeden verprügelt hätten, der es gewagt hätte, den anderen auch nur schief anzusehen. Ich hatte mir immer eine solche Bindung gewünscht und gehofft, dass ich eines Tages eigene Kinder haben würde, die sich nahestanden.

Aber das Leben hatte andere Pläne für mich gehabt.

„Henrys Monsterding", sagte ich und spielte wie immer die Friedensstifterin, „kommt in den Pavillon, wo Henry es neu lackieren und in ein todschickes Gerät verwandeln wird. Wie ein Schmetterling, der aus seinem Kokon schlüpft."

Madison schnaubte und warf ihrem Vater einen kurzen Blick zu.

Henry lächelte. „Es wird großartig, ihr werdet schon sehen. Ich werde mir wirklich Mühe geben und falls ich es nicht behalten will, verkaufe ich es auf Craigslist zum doppelten Preis."

Ich brachte es nicht übers Herz, ihm zu sagen, dass der „doppelte Preis" einem Stundenlohn von ungefähr fünfzig Cent entsprach. Die Nacharbeit von Möbelstücken war oft eine Herzensangelegenheit.

Madison und der Richter zwängten sich durch die enge Eingangstür meines alten viktorianischen Hauses und schlurften ins Esszimmer, wo sie mein neues Sideboard mit angemessener Ehrfurcht an seinen Platz stellten.

Dann traten wir alle einen Schritt zurück und bewunderten schweigend seine Schönheit.

„Miss Kay hätte den Zuschlag beinahe nicht bekommen", flüsterte Henry seinem Vater zu. „Es wurde immer teurer."

Der Richter nickte. „Es freut mich, dass sie es gekauft hat. Es ist hübsch und passt perfekt zum Mahagonitisch."

Das stimmte. Ich strahlte übers ganze Gesicht und folgte der Crew zum Truck hinaus, um Henrys Unterhaltungskonsole auszuladen. Sie erntete nicht die gleiche Bewunderung wie das Sideboard, aber ich hatte keinen Zweifel daran, dass Henry sich viel Mühe mit der Nacharbeit geben würde. Oder auch nicht. So oder so, sie hatte dreißig Dollar gekostet. Das war nicht viel für etwas, das sich als neues Hobby entpuppen könnte. Wenn er das Interesse verlor und aufgab, würde ich die Nacharbeit vielleicht sogar selbst vornehmen - oder das Ding diskret zur Müllkippe bringen. Aber ich hatte das Gefühl, dass Henry die gleiche hartnäckige Entschlossenheit besaß, die seinen Vater dazu trieb, bis spät in die Nacht zu arbeiten und Schriftsätze und Fälle zu studieren. Er würde dranbleiben. Wenn es ihm nicht gefiel, würde es sein letztes Projekt sein. Und wenn doch, würden wir in den kommenden Jahren viele Wochenenden bei Versteigerungen und auf Flohmärkten verbringen.

In den kommenden Jahren. Ich hoffte, dass wir befreundet bleiben würden, wenn der Richter und seine Kinder in ihr eigenes Haus zogen. Ich hoffte, dass wir immer noch befreundet sein würden, wenn ich uralt war und er seine eigene Familie hatte. Das galt für sie alle. Ich hoffte, sie würden meine Freunde bleiben, vielleicht sogar eine Art Adoptivfamilie.

Als die Unterhaltungskonsole vor dem Regen geschützt unter einer Plane im Pavillon stand, gingen wir ins Haus und aßen Reste zum Abendessen. Dann gingen die Kinder nach oben und Richter Beck zog sich an den Esstisch zurück, den er nach Feierabend oft als Schreibtisch benutzte. Ich schlich mich mit meinen Stricksachen und einer Kanne Tee in den Keller, um mir einen alten Mystery-Film anzusehen. Gerade als der Bösewicht zuschlagen wollte und die Musik die Spannung erhöhte, hüpfte Taco auf die Sofalehne, schnurrte mir ins Ohr und rieb seine Nase an meinem Haar. Ich wäre vor Schreck beinahe aus der Haut gefahren. Dann lachte ich und setzte den Kater auf meinen Schoß, wo er sich zusammenrollte. Ich streichelte sein weiches Fell und sah wieder diesen vertrauten Schatten, den ich für den Geist meines verstorbenen Mannes Eli hielt, der am Ende des Sofas schwebte.

„Ich glaube, es war der Butler", sagte ich zu dem Geist, obwohl ich das Buch gelesen hatte und genau wusste, dass es nicht der Butler gewesen war. Wenn Eli hier gewesen wäre, hätte er über mein mangelndes Geschick, zu Schlussfolgerungen zu kommen, gespottet, und die Fakten aufgelistet, die seine Theorie stützten. Am Ende hatte er meistens genauso falschgelegen wie ich. Wir hatten darüber gescherzt, dass es gut war, dass keiner von uns beiden Detektiv von Beruf war. Dann hatten wir von einem Kanal zum nächsten geschaltet, bis wir etwas anderes fanden, das wir uns ansehen konnten.

Der Schatten schwieg und nahm meinen Kommentar nicht zur Kenntnis. Das machte den Schmerz über seinen Verlust noch schlimmer und trieb mir die Tränen in die Augen. Ich streichelte Taco, spürte sein weiches Fell und hörte, wie er schnurrte. Es tröstete mich, dass ich nicht alleine war. Ich hatte meinen Kater. Und eine Familie im Obergeschoss, die mir immer mehr ans Herz wuchs. Ich hatte Freunde, die mir wichtig waren und sich um mich sorgten.

Aber Eli war nicht mehr da.

Es war kurz vor Mitternacht, als ich nach oben ging. Richter Beck war nicht mehr im Esszimmer. Er hatte seine Akten und Unterlagen wieder ordentlich in die Kiste verpackt und sie zur Seite gestellt, damit er sie am Montagmorgen mit zur Arbeit nehmen konnte. Ich stand im schwachen Lichtschein des Flurs, hielt meine Katze in den Armen und bewunderte meine neue Errungenschaft. Die Intarsien waren atemberaubend schön und perfekt verarbeitet. Dieses Möbelstück musste sehr geliebt worden sein, die Besitzer hatten in den letzten zwölf Jahrzehnten große Sorgfalt darauf verwendet, es makellos zu halten. Es gab nur wenige Stücke, die so lange Zeit ohne Dellen, Kratzer, Kondenswasserschäden oder Brandspuren überlebten.

Das warme befriedigende Gefühl, das in mir aufstieg, wurde plötzlich von einer Kälte abgelöst, die mir die Nackenhaare zu Berge stehen ließ. Taco jaulte, sprang aus meinen Armen und rannte mit abstehendem Fell aus dem Zimmer. Etwas Dunkles aus der Ecke des Zimmers verformte sich zu einer zweibeinigen Gestalt, die neben dem Sideboard schwebte. Das war nicht der Schatten, den ich für Elis Geist hielt; dieser war anders. Ich war sicher, dass es eine Frau war. Als sie den Arm ausstreckte und über die Oberfläche des Sideboards strich, verspürte ich eine unglaubliche Traurigkeit ... und bekam überwältigende Schuldgefühle.

2

„An meinem neuen Sideboard hängt ein Geist", sagte ich zu Daisy, während wir in Balasana-Pose auf unseren Yogamatten kauerten und die Sonne am Horizont erschien. „Ich hatte gehofft, Eli würde den neuen Geist vertreiben, aber seine Anwesenheit scheint ihn nicht zu stören."

Ich klang wie eine Irre. Zum Glück war Daisy eine der wenigen Personen, die meine Erfahrungen weder als Nebenwirkung meiner Kataraktoperation noch als psychologische Reaktion auf die Trauer abtat, die durch den Verlust meines Mannes ausgelöst worden war.

„Hm. Hast du es nicht bei einer Nachlassversteigerung erstanden? Vielleicht lag es einem ehemaligen Besitzer besonders am Herzen. Du könntest einen Hellseher beauftragen, um herauszufinden, wer es ist."

Wenn ich alleine gelebt hätte oder Eli noch am Leben gewesen wäre, hätte ich es vielleicht getan. Eli hätte es bestimmt amüsant gefunden. Wir hätten Freunde eingeladen und uns zusammen die Erklärungen des Hellsehers angehört. Danach hätten wir Martinis getrunken und Kanapees gegessen - und möglicherweise ein paar Runden Bridge gespielt. Ich bezweifelte, dass Richter Beck genauso amüsiert sein würde, wenn er erfuhr, dass mein neues Möbelstück ein Anhängsel hatte.

Daisys Kommentar brachte mich jedoch auf eine Idee. „Es stammt aus dem Nachlass von Maurice und Eleonore Poffenberger. Ich habe den Sohn bei der Versteigerung kennengelernt und er hat gesagt, das Sideboard sei das Lieblingsstück seiner Mutter gewesen."

„Na bitte, da hast du's", sagte Daisy selbstgefällig.

Es musste jedoch einen Grund geben, der über sentimentales Festhalten hinausging, wenn sich ein Geist an das Möbelstück geheftet hatte. „Er hat gesagt, sie sei vor zehn Jahren gestorben. Ihr Gatte, Matts Vater, lebt noch und ist in einem betreuten Wohnheim untergebracht. Aber warum sollte sie so lange an diesem Möbelstück festhalten? Es sei denn, sie ist plötzlich aufgetaucht, weil sie nicht damit einverstanden ist, dass ihr Sohn ihr antikes Lieblingsstück verkauft hat."

„*Matt*?" Nun wollte Daisy natürlich mehr wissen. „Wie alt ist dieser Sohn denn? Sieht er gut aus? Mir war nicht bewusst, dass euer erstes Treffen so erfolgreich war, dass ihr euch gleich mit Vornamen anredet."

„Wir leben im einundzwanzigsten Jahrhundert, Daisy. Heutzutage ist das normal." Na ja, mal abgesehen davon, dass ich Richter Beck immer noch nicht bei seinem Vornamen nannte. „Ich glaube, er ist ein paar Jahre älter als ich. Und er hat Henry und mir geholfen, die Sachen, die wir gekauft haben, in den Truck zu laden. Wir haben uns eigentlich nur kurz unterhalten."

Dann erinnerte ich mich an die Visitenkarte, die ich in meine Handtasche gesteckt hatte, und daran, dass ich mit diesem Mann einen Kaffee trinken und ihm die Decken zurückzugeben sollte. Ich verlor beinahe das Gleichgewicht, während ich in der Vrikshasana-Pose dastand.

„Okay, okay. Kein Grund zur Aufregung. Ich frage ja nur." Daisy grinste und zwinkerte mir zu. „Was deinen neuen Geist betrifft, glaube ich nicht, dass er plötzlich aufgetaucht ist, weil das Sideboard verkauft wurde. Es sei denn, du hast vor, es zu zerhacken und Kleinholz daraus zu machen. Und es ist unwahrscheinlich, dass ihr Geist seit zehn Jahren daran haftet, nur weil es ihr Lieblingsstück war. Geister, die sich aus sentimentalen Gründen an Objekte heften, verblassen nach ein paar Jahren. Wenn sie immer noch hier ist, muss es einen anderen Grund dafür geben. Das Sideboard ist nur der Anker."

Wenn sie aus einem bestimmten Grund hier war, würde sie vielleicht gehen, wenn ich herausfand, was dieser Grund war. Alle anderen Geister, außer der von Eli, waren aufgetaucht, weil sie ermordet worden waren. Ich hatte nicht den Eindruck gehabt, dass es sich beim Tod von Matts Mutter um ein Verbrechen gehandelt hatte, aber solche Dinge besprach man normalerweise nicht mit Fremden. „Na ja, ich könnte ein paar Nachforschungen über die Mutter betreiben, um herauszufinden, ob sie auf mysteriöse Weise gestorben ist."

„Nicht alle Geister, die du siehst, sind Mordopfer", ermahnte mich Daisy. „Elis Geist ist keines. Er ist wahrscheinlich immer noch hier, weil er dich nicht loslassen kann und seiner Meinung nach noch viel Unerledigtes zwischen euch ist. Ein Hellseher könnte dir bestimmt mehr sagen. Nur weil die anderen Geister Mordopfer waren, heißt das noch lange nicht, dass dieser Geist auch eines ist. Vielleicht hat sie sich von jemandem entfremdet, mit dem sie befreundet war, und ist nicht darüber hinweggekommen. Vielleicht hat sie sich mit ihrem Mann gestritten und kann nicht eher gehen, bis sie ihm gesagt hat, das sie ihn liebt. Oder vielleicht bleibt sie für ihn da, so wie Eli für dich dageblieben ist, und ihr Geist wurde einfach in dein Haus anstatt ins Pflegeheim transportiert, weil sie sich an das Sideboard geheftet hat.“

Ich schmunzelte und überlegte, an welche meiner materiellen Besitztümer ich mich nach meinem Ableben heften könnte, um auf dieser Ebene existieren zu können. Wenn ich heute Nachmittag von einem Bus angefahren würde, würde ich vermutlich auch bleiben wollen, um sicherzugehen, dass Taco versorgt war, oder vielleicht würde ich so lange im Haus herumspuken, bis Madison und Henry ihre Schulabschlüsse in der Tasche hatten, aber das war's dann.

Mir fiel plötzlich ein, dass ich mein Testament überarbeiten musste. Ich hatte nicht vor, von einem Bus angefahren zu werden, aber da Eli gestorben war und wir keine Kinder hatten, musste ich meinen letzten Willen rechtlich gesehen klar zum Ausdruck bringen, sonst würde das Nachlassverfahren ewig dauern.

„Schickt Pierson dieses Jahr ein Boot ins Rennen?“

Ich blinzelte; der abrupte Themenwechsel überraschte mich. Unser ehemaliger Bürgermeister hatte J.T. so lange damit genervt, bis er nachgegeben hatte. Aber jetzt, wo der Bürgermeister im Gefängnis saß, wusste ich nicht, ob J.T. sich die Mühe machen würde. Was schade wäre. Die jährliche Regatta war ein wichtiges Ereignis; die Eintrittsgelder gingen an die örtliche Tafel und es war ein ausgezeichneter Marketing-Schachzug für Unternehmen, ein Boot ins Rennen zu schicken. Die Leute nahmen die Sponsoren zur Kenntnis; sie waren ein wichtiger Teil unserer Gemeinschaft.

Außerdem war die Regatta ein Volksfest. Die Leute versammelten sich zu Picknicks am Flussufer, verfolgten die verschiedenen Rennen und lachten, wenn eines der weniger seetüchtigen Boote sank und die Besatzung in das trübe Wasser springen musste.

„Er hat nichts davon gesagt. Vermutlich hat er nicht genug Zeit, um innerhalb eines Monats ein Boot zu organisieren."

„Auch gut. Er würde dich bestimmt dazu überreden, das Boot zu bemannen. Und mich wahrscheinlich auch." Daisy schnitt eine Grimasse. „Was ist in letzter Zeit überhaupt mit ihm los? Während der Aufnahmen für sein letztes Video hat er ständig Andeutungen über ein Abendessen bei mir gemacht."

Daran war ich schuld. Ich hatte scherzend zu ihm gesagt, er solle ein Buch über Etikette und Messerbänkchen lesen, falls Daisy ihn zum Abendessen einlud. Mein Chef schien ein Auge auf meine beste Freundin geworfen zu haben, die jedoch überhaupt nicht an ihm interessiert war, wie ihre säuerliche Miene verriet.

„Bist du auch in seinem nächsten Video? Ich glaube, diese Woche geht es um diesen Ladendiebstahl." Zum Glück war *ich* nicht in diesem Video. So amüsant J.T.s YouTube-Videos mit dem Titel „Gator, Private Eye" auch waren, sie hielten mich von der Arbeit ab. Jedes Mal, wenn ich eine Nebenrolle hatte, musste ich abends Arbeit mit nach Hause nehmen. Und mein Chef war viel zu geizig, um für Überstunden zu bezahlen.

„Nein. Fünf sind genug. Es ist Zeit, meine unbezahlte Amateur-Schauspielkarriere an den Nagel zu hängen, bevor ich durchdrehe und am Ende selbst seine Kautionsdienste in Anspruch nehmen muss."

Nach den Yoga-Übungen und unserem üblichen Frühstück, das aus Kaffee und Muffins bestand, ging Daisy. Ich wollte ins Büro fahren, um ein paar Fälle zu bearbeiten, obwohl es Sonntag war. Wir hatten in letzter Zeit viel Arbeit gehabt und ich hasste es, montags ins Büro zu kommen und einen Stapel unerledigter Arbeit auf meinem Schreibtisch vorzufinden. Montage waren auch ohne Termindruck hart genug.

Montage waren hart, weil ich die letzten zehn Jahre meines Lebens damit verbracht hatte, mich um Eli zu kümmern, und keine normalen Arbeitszeiten gehabt hatte. Meinen körperlich und geistig behinderten Ehemann zu pflegen hatte mich rund um die Uhr gefordert, aber wenigstens hatte ich keine Geschäftskleidung tragen müssen. An den meisten Tagen war ich nicht einmal dazu gekommen, zu duschen, so peinlich es auch war, das zuzugeben.

Ich duschte, zog mich um und ging in die Küche, in der das Chaos ausgebrochen war. Die Kinder fuhren heute für eine Woche zu ihrer Mutter und waren eindeutig spät dran. Madison und Henry rannten mit Pop Tarts im Mund herum und versuchten, Laptops und andere wichtige Dinge zu finden, die in der letzten Woche durch das ganze Haus gewandert waren, während Richter Beck seine Golfschläger ins Auto lud und den restlichen Kaffee in seinen Reisebecher goss.

„Verbringen Sie den Sonntag auf dem Golfplatz?", fragte ich und griff nach meiner eigenen Tasse.

„Na ja, nachdem ich die Kinder bei Heather abgesetzt habe, sollte eigentlich genug Zeit für achtzehn Löcher bleiben." Er zögerte. „Möchten Sie, dass ich zu einer bestimmten Zeit nach Hause komme?"

Er war mein Mitbewohner, nicht mein Ehepartner, und konnte kommen und gehen, wie es ihm gefiel, aber ich wusste seine Rücksichtnahme zu schätzen.

„Nein, ich werde ins Büro fahren und ein paar Dinge

erledigen. Ich muss viel Arbeit nachholen. Ich werde mir ein Take-Out-Gericht zum Abendessen besorgen."

„Gütiger Himmel, nicht einmal ich arbeite sonntags", sagte er neckend. „Lassen Sie das nicht zur Gewohnheit werden, Kay." Dann drehte er sich um und rief in den Flur hinaus, dass sie *jetzt sofort* losfahren müssten.

Die Kinder überraschten mich mit schnellen Umarmungen, bevor ihr Vater sie aus der Tür scheuchte. Sie riefen mir zu, sie würden mich in einer Woche wiedersehen. Mir stiegen die Tränen in die Augen. Ich hatte mich daran gewöhnt, sie um mich zu haben, und jedes Mal, wenn Heather an der Reihe war, tat mir das Herz weh. Ich konnte mir vorstellen, wie hart es für Richter Beck sein musste - und auch für Heather - , wenn die Kinder jeweils beim anderen Elternteil waren.

Ich winkte ihnen nach, als sie wegfuhren, stieg in mein eigenes Auto und fuhr durch ungewöhnlich dichten Verkehr zum Büro. Milford war die nächstgrößere Stadt, nur fünf Meilen von Locust Point entfernt, aber unser kleines Städtchen war die eigentliche Kreisstadt, in der sich sowohl das Gerichtsgebäude als auch die Polizeistation befand. Das alte Gerichtsgebäude hatte sich mitten in der Innenstadt befunden und war durch einen Brand zerstört worden, was die Stadtverwaltung dazu veranlasst hatte, die Gelegenheit zu nutzen und es in einen Außenbezirk zu verlegen, wo es mehr Parkplätze gab und sich mit der Zeit Anwaltskanzleien und Kautionsfirmen angesiedelt hatten. „Pierson Investigative & Recovery Services" lag nur ein paar Häuserblocks von der Polizeistation und ein paar Meilen vom Gerichtsgebäude entfernt. Aus meiner Sicht wäre es besser für J.T. gewesen, näher beim Gericht zu sein, weil dort vielen seiner Kautionskunden der Prozess gemacht wurde, aber er fand es sinnvoller, in der Nähe der Polizeiwache zu sein, von der er viele Hinweise bekam. Im Laufe der Jahre war dieser Teil des Geschäfts ebenso geschrumpft wie die Aufträge als Privatdetektiv. J.T. hatte immer mehr Klienten, die ihn beauftragten, Schuldner ausfindig zu machen und Vermögenswerte zurückzufordern. Sogar die Bedürfnisse der Scheidungsklienten hatten sich geändert. Anstatt untreuen Ehepartnern mit einer Kamera in der Hand nachzustellen, wollten sie, dass forensische Buchhalter geheime Bankkonten aufdeckten oder dass Recherchespezialisten im Internet nach Hinweisen suchten, die Fremdgehen oder Drogenkonsum bewiesen.

Da kam ich ins Spiel. Ich hatte Journalismus studiert und bis zu Elis Unfall meinen Lebensunterhalt als Reporterin für große Publikationen verdient und freiberuflich Artikel für Zeitschriften und Zeitungen recherchiert und verfasst. Nach dem Unfall hatte ich immer noch ab und zu ein paar Artikel geschrieben, wobei mir im Lauf der Zeit klar wurde, dass sich der Journalismus völlig verändert hatte.

Die jahrelange Rechercheerfahrung machte mich zu einer idealen Kandidatin als Zielfahnderin und Assistentin für J.T., der oft Hilfe bei seiner Ermittlungsarbeit benötigte. Er kümmerte sich um die gelegentlichen Ermittlungsaufträge, leitete das Geschäft, kommunizierte mit den Klienten und plauderte mit Polizisten, Rechtsassistentinnen und Gerichtsangestellten, die ihm oft nützliche Hinweise und Informationen gaben, während ich am Computer saß und die gut bezahlenden Unternehmensklienten bei Laune hielt. Es war eine gute Partnerschaft, und so schrullig und besessen von seinen YouTube-Videos mein Chef auch war, ich mochte ihn.

Ich drückte auf den Lichtschalter und schaltete die Kaffeemaschine ein, dann beäugte ich den Stapel Akten auf meinem Schreibtisch. Ich schenkte mir eine Tasse Kaffee ein und überlegte, was sofort erledigt werden musste und was noch ein paar Tage warten konnte. Auf dem Stapel lagen mehrere Zielfahndungsaufträge unseres größten Kunden, CreditCorp, zwei Kautionsanträge, für die Hintergrundüberprüfungen durchgeführt werden mussten, und die Akte eines Scheidungsklienten, für den ich ein paar Nachforschungen betreiben musste.

Die Kautionsanträge hatten Priorität, sie mussten so schnell wie möglich erledigt werden, damit wir unsere Klienten aus dem Gefängnis holen konnten. Bis zum Mittag waren sie erledigt. Außerdem hatte ich zwei der einfacheren CreditCorp-Fälle abgeschlossen und ein paar Recherchen für den äußerst unangenehmen Scheidungsfall durchgeführt. Ich hasste diesen Teil der Arbeit. Es war eine Sache, die schlechten Entscheidungen und das Fehlverhalten von potenziellen Kautionskunden und Klienten zu sehen, die überfällige Forderungen hatten, jedoch eine ganz andere, emotionsgeladene Scheidungsfälle zu bearbeiten. Die Frau, die ich im Auftrag von J.T. unter die Lupe nehmen sollte, hatte sich ein halbes Dutzend Kreditkarten ausstellen lassen, für die sie angeblich die Unterschrift ihres Gatten gefälscht hatte. Sie hatte auch Fotos auf einem sekundären Facebook-Account gepostet, auf denen sie mit einem viel jüngeren Mann zusammen in Bermuda zu sehen war, während sie auf ihrem Haupt-Account behauptet hatte, sie sei mit den Kindern zu Hause und würde mit ihnen in den Park und die Familien-Spielhalle gehen.

Ich schrieb eine Zusammenfassung, sah auf die Uhr und überlegte, welchen Fall ich als Nächstes bearbeiten sollte. Alle davon würden mich mindestens drei Stunden beschäftigt halten, länger wollte ich nicht bleiben. Die Arbeit an dem Scheidungsfall hatte mich ausgelaugt. Ich brauchte eine kurze Pause, bevor ich die anderen Credit-Corp-Akten durchsah. Ich beschloss, mir eine Stunde Zeit zu nehmen, um Nachforschungen über die Frau zu betreiben, der vorher mein Sideboard gehört hatte - und deren Geist sehr wahrscheinlich immer noch daran haftete.

3

Ich stellte schnell fest, dass Maurice und Eleonore Poffenberger kein besonders interessantes Leben geführt hatten. Sie hatten keine Sozialen Medien benutzt. Ich kämpfte mich durch Gerichtsarchive, Geburts- und Todesanzeigen und fand heraus, dass Maurice 1928 in Milford geboren worden war und bis zu seiner Pensionierung als Landvermesser für ein örtliches Bauunternehmen gearbeitet hatte. Eleonore war 1926 geboren worden und war, wie ihr Sohn gesagt hatte, vor zehn Jahren gestorben. In der Todesanzeige stand, sie sei eine Hausfrau und Mutter gewesen, die einen Ehemann und einen Sohn - Matthew Poffenberger - hinterließ. Ihr Mädchenname war Hansen und die Vornamen ihrer Eltern, beide schon lange tot, waren Harlen und Mabel. Hansen war ein bekannter Name in unserer Gegend. Harlen war der Besitzer des Kaufhauses in der Innenstadt gewesen, in dem von 1910 bis zu seinem Tod 1945 so ziemlich jeder in Locust Point eingekauft hatte. Ich sah neugierig die Zeitungsarchive durch, bis ich auf ein Bild des Mannes stieß, auf dem er lächelte. Sein runder Bauch wurde durch die Kette einer Taschenuhr betont und er trug eine Brille mit Drahtgestell, die seine durchdringenden Augen umrandete. Er hatte einen großen, buschigen Schnurrbart, der ihn beim Essen in die Quere gekommen sein musste.

„Hansen's" war ein wirklich tolles Kaufhaus gewesen. Als es eröffnet wurde, war ich noch gar nicht auf der Welt gewesen, aber ich erinnerte mich, dass meine Mutter und meine Großmutter es oft erwähnt hatten. Es hatte drei Stockwerke gehabt, in denen hochwertige Kleidung und Accessoires zum Verkauf angeboten wurden. Sie waren durch ein Transportsystem verbunden gewesen, mit dem Rechnungen und Preisinformationen von den oberen Stockwerken mittels vakuumversiegelten Behältern zu den Kassiererinnen im Erdgeschoss geschickt werden konnten. Meine Mutter hatte immer gesagt, es sei dem System sehr ähnlich gewesen, das von einigen Banken verwendet wurde, und habe sie als Kind unendlich fasziniert. Sie hatte einen der Mäntel behalten, die meine Großmutter dort für sie gekauft hatte, und ihn mir gezeigt: Ein dunkelblauer Wollmantel mit marineblauem Seidenfutter, auf dem an der Innenseite des Kragens das Hansen-Etikett angebracht war.

Nichts davon hatte etwas mit meinem Sideboard oder dem Geist zu tun, von dem ich annahm, dass er Eleonore Poffenberger war, aber ich hatte mich schon zu sehr in die Sache vertieft, um aufzuhören. Ich wollte mehr über Mabel erfahren, die sich einen der begehrtesten Junggesellen ihrer Zeit geschnappt hatte.

Harlen war 1872 geboren worden, hatte Mabel jedoch laut Stadtverzeichnis erst 1926 geheiratet. Im selben Jahr, in dem ihre Tochter - und gleichzeitig ihr einziges Kind - zur Welt gekommen war. Vierundfünfzig war ziemlich alt für jemanden, der zum ersten Mal den Bund fürs Leben schloss. In diesem Alter musste er bereits ziemlich verwurzelt im Junggesellendasein gewesen sein und nur widerwillig heiratet haben, aber als ich ein Bild von Mabel fand, verstand ich seinen plötzlichen Sinneswandel. Zum Zeitpunkt ihrer Heirat war sie neunzehn gewesen und dem Zeitungsbild nach zu schließen, war die Frau eine atemberaubende Schönheit gewesen.

Mabel hatte dunkles Haar und trug den ikonischen kurzen Bob der zwanziger Jahre, der ihre hohen Wangenknochen und ihr herzförmiges Gesicht betonte. Sie hatte braune Rehaugen und einen perfekten Lippenbogen. Ihre Figur war wie geschaffen für gerade geschnittene, locker sitzende Kleider mit tiefer Taille. Sie sah absolut hinreißend aus mit dem Glockenhut, der eine gebogene Krempe hatte.

Harlen Hansen, sein Kaufhaus, seine sozialen Aktivitäten und seine wohltätigen Spenden waren oft in den Zeitungen erwähnt worden, jedoch mindestens genauso oft auch Mabel Stevens und ihre Schwester Lucille. Die beiden waren auf Partys und gesellschaftlichen Veranstaltungen sehr gefragt gewesen, ihre Namen schien jeder gekannt zu haben. Sie waren Zwillingsschwestern gewesen und auf den alten Bildern, die ich aufstöberte, waren sie kaum voneinander zu unterscheiden.

Natürlich half das alles nicht bei der Geisteridentifizierung. Ein Geist in meinem Haus war genug. Ich hatte mich an den Geist gewöhnt, den ich mit Eli assoziierte, aber ich wollte nicht unbedingt einen zweiten.

Ich musste Matt Poffenberger anrufen und ihm die Umzugsdecken zurückzugeben. Ich würde mich auf einen Kaffee mit ihm treffen und ihm ein paar Fragen über seine Mutter stellen. Vermutlich war es etwas unhöflich, ihn direkt zu fragen, wie sie gestorben war, aber wenn ich ihn dazu bringen konnte, über sie und ihr Leben zu sprechen, würde ich vielleicht herausfinden, warum sie sich an mein

Sideboard geheftet hatte. Natürlich konnte niemand wissen, ob der Geist mein Haus und meine Möbel in Ruhe lassen würde, wenn ich herausfand, ob sie ermordet wurde und wer dafür verantwortlich war, aber es war einen Versuch wert. Wenn es nicht funktionierte und Eleonore sich als zu lästig erweisen sollte, würde ich das Sideboard einfach wieder verkaufen.

Obwohl ich das nicht wollte. Ich hatte dieses Möbelstück bereits ins Herz geschlossen und wollte mich nicht von ihm trennen. Ehrlich gesagt konnte ich verstehen, warum Eleonore es nicht loslassen wollte. Es war noch nicht einmal vierundzwanzig Stunden in meinem Besitz, aber ich hing bereits daran.

Ich beschloss, Feierabend zu machen und packte meine Akten in eine Kiste, die es mit der aufnehmen konnte, die Richter Beck stets nach Hause schleppte, und machte mich auf den Heimweg. Es war Juni und die Kinder hatten schon seit ein paar Wochen Sommerferien. Ich hatte mich daran gewöhnt, dass sie mit ihren Kopfhörern und Laptops auf dem Sofa lagen, draußen im Whirlpool saßen oder Videospiele spielten. Es fühlte sich seltsam an, in ein stilles Haus zurückzukehren – na ja, still, abgesehen von einer sehr verärgerten Katze.

Taco mochte es nicht, im Haus eingesperrt zu sein, obwohl er ab und zu Snacks von den Kindern bekam und mit Zuneigung überhäuft wurde. Als ich am Morgen ins Büro gefahren war, hatte er sich zur Tür hinausschleichen wollen, deshalb hätte es mich nicht überrascht, wenn er in der Zwischenzeit eine Lampe umgeworfen oder ein paar Polster zerfetzt hatte. Zum Glück hatte er weder das Eine noch das Andere getan und seine schlechte Laune verflog, als ich etwas „Happy Cat" in seinen Futternapf gab.

Nach dem Abendessen räumte ich die Reste weg und

strickte eine halbe Babymütze, die den wachsenden Stapel Babymützen erweitern sollte, die ich diesen Monat zum Krankenhaus bringen wollte. Dann kam Richter Beck zur Tür herein. Er schien energiegeladen und fröhlich zu sein und schleppte eine Tasche mit Golfschlägern hinter sich her.

„Na, haben Sie sich zum Profi gemausert?", fragte ich ihn und legte meine Strickarbeit zur Seite.

Er lachte. „Ich bin der nächste Jack Nicklaus. Übrigens zieht ein Sturm auf", warnte er mich. „Vielleicht sollten Sie die Autofenster hochkurbeln."

Ich sprang auf und wünschte mir die Zeiten zurück, in denen Autofenster tatsächlich hochgekurbelt werden mussten und keine Autoschlüssel dafür notwendig waren. „Ich habe gekocht, anstatt Take-Away-Essen zu besorgen. Es sind noch ein paar Schweinekoteletts übrig und im Kühlschrank steht ein Salat, den ich zubereitet habe. Bedienen Sie sich", sagte ich zu ihm und kramte in meiner Handtasche nach den Autoschlüsseln.

Der Richter verschwand im Esszimmer und ich stürmte zur Tür hinaus und starrte in den Himmel hinauf. Wie kam es, dass ich diese dunklen Wolken nicht bemerkt hatte? Es war kurz vor Sonnenuntergang. Ohne Uhr hätte man jedoch nicht sagen können, wie spät es war - die Sonne wurde vollständig von Wolken verdeckt. Ich rannte zu meinem Auto und gerade, als ich alle Fenster geschlossen hatte, fielen die ersten großen Regentropfen.

Ich würde tropfnass werden, aber ich musste die Plane auf Henrys Unterhaltungskonsole sichern, bevor der Wind und der Regen stärker wurden. Als ich losrannte, zuckte der erste Blitz über den Himmel, gefolgt von einem Donnerschlag. Ich rückte die Plane zurecht und zog sie fest, während der Wind durch die Bäume rauschte. Dann tat sich plötzlich der Himmel auf; ich beobachtete die Blitze und zitterte, als der kalte Regen seitwärts in den Pavillon geweht wurde.

Im Haus ging das Licht an. Dann ging die Hintertür auf. Gerade, als ich losrennen wollte, tauchte eine Gestalt mit einem riesigen Golf-Regenschirm in der Hand auf. Richter Beck eilte auf mich zu.

Er war völlig durchnässt, als er den Pavillon erreichte.

„Abholdienst?", fragte ich neckend, als er den Schirm über meinen Kopf hielt.

„Ich habe es mir einfacher vorgestellt, den Retter in der Not zu spielen", gestand er. „Sie werden vermutlich genauso nass wie ohne den Regenschirm."

„Ich weiß es trotzdem zu schätzen", sagte ich. „Also, auf drei rennen wir los."

„Eins. Zwei. Drei." Wir rannten gleichzeitig los. Der Richter legte seinen Arm um meine Schultern und zog mich zu sich heran, damit wir beide unter den Regenschirm passten. Es spielte keine Rolle. Als wir ein paar Meter von der Treppe entfernt waren, wurden wir von einem gewaltigen Windstoß erfasst, der den Regenschirm umstülpte und uns in eisigen Regen hüllte. Ich kreischte, ließ meinen Retter in der Not stehen und rannte zur Tür.

Er war direkt hinter mir und einen Augenblick später standen wir beide tropfnass in der Küche und lachten. Der Richter wedelte mit seinem kaputten Regenschirm herum, verspritzte überall Wasser und brachte mich noch mehr zum Lachen. Dann sah ich, dass ein Teller mit aufgewärmten Schweinekotelett, Salat und ein Glas Eistee auf der Theke standen. Er hatte mich draußen im Pavillon gesehen, als er sein Abendessen aufwärmte, und war mir zu Hilfe geeilt. Das war wirklich süß von ihm und etwas, das außer meinem Vater oder Eli noch nie jemand für mich getan hatte.

„Sie ziehen besser Ihre nassen Sachen aus", sagte er. „Ich räume hier auf."

Er war tatsächlich ein Retter in der Not. Ich dankte ihm und rannte die Treppe hinauf. Als ich in meinem flauschigen Schlafanzug und Pantoffeln an den Füßen wieder hinunterkam, hatte ich eine Idee. Nächste Woche hatte Richter Beck Geburtstag. Die beiden Kinder hatten sorgfältig Geschenke für ihren Vater eingepackt und Madison wollte mit meiner Hilfe ein schönes Abendessen zubereiten und einen besonderen Kuchen backen, aber ich wollte noch etwas anderes hinzufügen.

Ich hatte schon seit einiger Zeit vorgehabt, ein Grillfest für die Nachbarschaft zu veranstalten. Es war höchste Zeit, meine Pläne in die Tat umzusetzen. Ich hätte ihn den Nachbarn schon lange vorstellen sollen. Wenn es am kommenden Wochenende stattfand, bevor die Kinder von ihrem Aufenthalt bei Heather zurückkehrten, konnten wir ein Fest für Erwachsene planen. Es würde niemand einen weiten Heimweg haben, wenn er zu viel getrunken hatte. Das würde mein Geburtstagsgeschenk für den Mann sein, der mittlerweile zu einer Art Familie für mich geworden war.

„Was haben Sie am Wochenende vor?", fragte ich, als ich das Esszimmer betrat. Richter Beck trug mittlerweile eine Pyjamahose und ein T-Shirt und brütete wir üblich über seinen Akten, die er auf dem Esstisch ausgebreitet hatte. Diesmal schwebte jedoch ein gespenstischer Schatten zwischen ihm und dem Sideboard. Es war seltsam, Eleonores Geist dort zu sehen. Noch seltsamer war, dass Richter Beck ihre Anwesenheit überhaupt nicht zu bemerken schien.

„Dieses Wochenende? Ähm ...“

Seinem Gesichtsausdruck nach zu urteilen war mir wieder ein Fauxpas unterlaufen, genau wie bei Matt Poffenberger. Er dachte bestimmt, ich wollte mich mit ihm verabreden.

„Nein, so habe ich es nicht gemeint. Ich habe vor, ein Grillfest für die Nachbarschaft zu organisieren und wollte sicherstellen, dass Sie da sind. Außerdem haben Sie nächste Woche Geburtstag, der perfekte Anlass für einen gemütlichen Abend mit den Nachbarn.

„Oh.“ Er lächelte. „Klingt gut. Am Samstag spiele ich Golf, aber wir fangen früh an. Ab zwei Uhr sollte ich frei sein. Oder am Sonntag, obwohl gegen fünf die Kinder vorbeikommen.“

„Samstag ist besser. Wir könnten es auf den Abend legen, so gegen sechs?“

„Das wäre gut. Vielen Dank.“

Er wandte sich wieder seinen Akten zu und ich ging ins Wohnzimmer, legte meine Stricksachen beiseite, öffnete meinen Laptop und zog eine CreditCorp-Akte aus der Kiste. Nach ein paar Stunden gab ich auf, setzte mich wieder aufs Sofa und strickte weiter. Es war seltsam, nur durch eine Wand getrennt in einem anderen Zimmer zu sitzen, aber ich wollte ihn nicht bei der Arbeit stören. Außerdem wäre es beunruhigend gewesen, einen Geist in der Ecke des Zimmers zu sehen. Ich blieb im Wohnzimmer und versuchte, das Knarren des Esszimmerstuhls und das Rascheln von Richter Becks Unterlagen zu ignorieren. Gegen Mitternacht hörte ich, wie er seine Akten zusammenräumte und die Kiste neben die Tür stellte. Er blieb vor dem Wohnzimmer stehen und streckte den Kopf durch die Tür. Als ich meine Reihe zu Ende gestrickt hatte und aufsah, war er verschwunden. Vermutlich war er ins Bett gegangen.

Aber nein. Eine Minute später kam er mit einem Buch in der Hand zurück. „Darf ich mich zu Ihnen setzen?"

„Gerne", antwortete ich.

Da saßen wir nun. Außer dem Ticken meiner Standuhr und Tacos Schnurren war nichts zu hören. Ich strickte. Er las sein Buch. Und gegen ein Uhr morgens standen wir beide auf und gingen in unsere Zimmer. Der Regen trommelte auf das Dach und gegen die Fenster. Ich lag im Bett, Taco lag zusammengerollt neben mir und der schattenhafte Geist meines Mannes schwebte in der Ecke. Ich fühlte mich nicht einsam. Und das Haus fühlte sich nicht zu groß an, selbst wenn die Kinder nicht da waren. Nein, es fühlte sich genau richtig an. Es war alles genau richtig.

4

____

Als ich am Montagmorgen ins Büro kam, lag ein neuer Stapel Akten auf meinem Schreibtisch. Und eine Nachricht von J.T., auf der stand, er sei im Gerichtsgebäude und würde am Nachmittag zurück sein. Ich legte mich sofort ins Zeug und wickelte drei Fälle ab. Dann zog ich Matt Poffenbergers Visitenkarte aus meiner Handtasche.

Die Handynummer stand in leserlicher Handschrift auf der Rückseite. Ich starrte einen Moment lang auf die Zahlen, drehte die Karte um und fragte mich, wo der Mann arbeitete.

Es stellte sich heraus, dass Matthew Poffenberger ein pensionierter Master Sergeant der Air Force war. Er war im Vorstand einer gemeinnützigen Organisation namens „Stand Strong“.

Ich zögerte und googelte die Organisation, die eine Hotline und mehrere Suizidpräventionsprogramme für Veteranen und Rettungskräfte finanzierte. Matt war tatsächlich im Vorstand und leitete ein paar lokale Therapiegruppen. Ich war neugierig, gab Matts Namen im Suchfeld ein und fand heraus, dass er in der örtlichen Veteranenorganisation tätig war und mehrere Spendenaktionen für die freiwillige Feuerwehr und ein Programm für gefährdete Jugendliche in Milford leitete. Es schien, als hätte Matt die Leidenschaft seines Großvaters geerbt, was den Dienst an der Gemeinschaft anging, obwohl ich vermutete, dass Harlen gemeinschaftliche Aktivitäten eher als eine Art Marketingstrategie für sein Unternehmen gesehen hatte, während Matt sich im Hintergrund hielt. Sein Name stand höchstens einmal pro Jahr in der Zeitung und es dauerte eine Weile, bis ich seine karitative Arbeit aufdeckte.

Als ich es nicht mehr länger aushielt, wählte ich die Nummer auf der Rückseite der Karte. Ich wollte beinahe wieder auflegen, als der Mann antwortete und seinen Namen bellte, als wollte er mir einen Befehl erteilen.

„Hallo Matt. Hier spricht Kay Carrera. Wir haben uns bei der Versteigerung kennengelernt. Sie haben mir geholfen, das Sideboard und die Unterhaltungskonsole auf den Truck zu laden. Und Sie haben mir ein paar Umzugsdecken geliehen. Ich wollte fragen, ob Sie in den nächsten Tagen Zeit für ein Treffen hätten, damit ich sie zurückgeben kann."

„Kay!" Seine Stimme veränderte sich, sie wurde weicher und herzlicher. „Ich hatte gehofft, Sie würden anrufen, nicht nur wegen der Umzugsdecken. Hätten Sie Zeit, sich heute mit mir zum Mittagessen zu treffen?"

Plötzlich fühlte ich mich wie ein verängstigtes Kaninchen und hätte mich am liebsten in einem Busch versteckt. Er hatte mich am Tag der Versteigerung missverstanden und jetzt musste ich ihm klarmachen, dass ich nicht an ihm interessiert war, ohne seine Gefühle zu verletzen.

„Heute Mittag habe ich schon etwas vor, aber wir könnten uns auf einen Kaffee treffen." Das war kein Date, oder?

„Um welche Zeit? Ich bin gerade beim Veteranenverein und helfe bei den Vorbereitungen für die Bingo-Veranstaltung heute Abend. Möchten Sie vorbeischauen?"

Das klang überhaupt nicht nach einem Date. Ich seufzte erleichtert. „Großartig. So gegen elf?"

„Passt perfekt", sagte er „Bis dann."

Ich starrte einen Moment lang auf mein Handy und überlegte, was ich als Nächstes tun sollte. Er hatte mir geholfen, meine Möbel aufzuladen und mir Umzugsdecken geliehen. Er schien ein wirklich netter Kerl zu sein, ein guter Mensch, jemand, mit dem ich gerne zu Mittag oder sogar zu Abend gegessen hätte, wenn meine Situation anders gewesen wäre. Aber so nett und attraktiv Matt Poffenberger auch war, es regte sich nichts in meinem Herzen, wenn ich an ihn dachte. Genaugenommen machte mich der Gedanke, mit einem Mann auszugehen, innerlich taub. Ich hatte Eli geliebt. Wir hatten ein fantastisches Leben gehabt. Nach seinem Unfall, als er nicht mehr derselbe gewesen war, hatte ich ihn immer noch geliebt und ein Leben mit ihm aufgebaut – ein anderes zwar, aber eines, das ich immer noch sehr vermisste. Ich würde keinen anderen Mann auf diese Weise lieben können. Mein Brunnen war ausgetrocknet, was diese Art von Liebe anging, und ich wusste nicht, ob er jemals wieder aufgefüllt werden würde.

Aber ich durfte mich nicht so anstellen. Ich würde mit einem freundlichen Mann, der mir geholfen hatte, eine Tasse Kaffee im Veteranenvereinshaus trinken, das war alles. Ich würde ihm ein paar Fragen über seine Mutter und das Sideboard stellen und ihm seine Decken zurückgeben. Und falls er sich mit verabreden wollte, würde ich ihm auf nette Weise sagen, dass ich frisch verwitwet und noch nicht bereit dazu war.

Ich fragte mich, ob ich *überhaupt* jemals wieder mit jemandem ausgehen würde. Aber das war in Ordnung. Manche Leute fanden ihr ganzes Leben lang nie die große Liebe, die ich mit Eli erlebt hatte. Wir hatten Glück gehabt und ich hatte nicht vor, unsere große Liebe mit jemand anderem nachzuahmen. Meine Liebe galt meinen Freunden Daisy, Madison und Henry - und Taco. Und Richter Beck, auf platonische Weise.

Als ich mich fertig machte, um zum Vereinsheim zu fahren, dachte ich an Matt, der Henry geholfen hatte, die Möbel auf den Truck zu laden - und an sein charmantes Lächeln. Ich war zwar noch nicht bereit für eine Romanze, aber in meinem Herzen war viel Platz für neue Freunde.

MATT WAR DABEI, Tische in Reihen aufzustellen, als ich mit den ordentlich gefalteten Umzugsdecken im Arm den Saal betrat. Er blickte auf und lächelte. Dann drehte er sich zu den anderen Männern um und sagte etwas zu ihnen, bevor er mit entschlossenen Schritten auf mich zukam.

Ich konnte nicht anders, als ihn erneut zu mustern. Ich suchte nach Ähnlichkeiten mit seinen Großeltern, die ich gestern auf den Bildern gesehen hatte. Er hatte einen lebhaften Gesichtsausdruck, den er von seiner hübschen Großmutter geerbt haben musste, sonst konnte ich keine Ähnlichkeiten feststellen. Er sah definitiv nicht wie sein Großvater aus, der einen dicken Bauch, einen Schnurrbart und einen strengen Blick gehabt hatte. Er hatte zwar auch einen strengen Blick, aber den hatte er sich vermutlich während seiner Militärkarriere angeeignet. Nein, er sah überhaupt nicht wie Harlen Hansen aus. Matt war knapp einen Meter achtzig groß, glatt rasiert und wie ein Mann gebaut, der seine besten Jahre im Fitnessstudio verbracht hatte. Vermutlich hatte er sein Aussehen eher der Seite seines Vaters als der seiner Mutter zu verdanken.

„Ich bin froh, dass Sie angerufen haben." Er lächelte und es bildeten sich tiefe Lachfältchen um seine dunklen Augen herum. „Gefällt Ihnen das Sideboard? Es freut mich, dass es ein gutes Zuhause gefunden hat. Wie gesagt, meine Mutter würde sich vermutlich im Grab umdrehen, wenn es nicht so wäre."

Das kam dem Thema, das ich mit ihm besprechen wollte, erstaunlich nahe. „Ich bin froh, dass ich den Zuschlag bekommen habe. Es ist ein wunderschönes Stück, das offensichtlich sehr geliebt und gut gepflegt wurde. Eigentlich hatte ich gehofft, ein bisschen mehr darüber zu erfahren - und ich würde gerne mit Ihnen über Ihre Mutter sprechen."

Er zuckte nicht mit der Wimper und winkte mich zu einem Tisch, der bereits für die Bingo-Veranstaltung am Nachmittag hergerichtet worden war. „Ich stehe Ihnen voll und ganz zur Verfügung. Wie trinken Sie Ihren Kaffee?"

Ich setzte mich und legte die Decken auf den Tisch. Sein Kommentar machte mich unsicher, aber es gelang mir zu sagen, dass ich meinen Kaffee schwarz und ohne Zucker trank. Ich sah ihm nach und beobachtete, wie er durch eine Schwingtür in der Küche verschwand. Die anderen beiden Männer, die weiter Tische aufstellten, beäugten mich verhohlen und rückten immer näher. Vermutlich wollten sie mitlauschen. Dann quietschte die Schwingtür und ich erblickte Matt, der mit zwei dampfenden Tassen Kaffee in den Händen zurückkam.

„Er schmeckt gar nicht schlecht", sagte er und reichte mir eine der Tassen. „Ich habe ihn selbst gebrüht, er ist frischer und stärker als die wässrige Brühe, die die Jungs zubereiten." Als er die anderen Männer erwähnte, wurde seine Stimme lauter. Die Männer entgegneten in freundlichem Ton, Matts Kaffee sei so stark, dass man ihn löffeln könne.

„Also, das Sideboard." Matt trank einen Schluck von seinem Kaffee und lehnte sich so weit in seinem Stuhl zurück, bis er auf den Hinterbeinen balancierte. „Ich kenne mich mit Antiquitäten nicht besonders gut aus und weiß nicht, woher das Stück stammt und wie alt es ist. Aber ich sage Ihnen gerne, was ich weiß. Mein Vater wüsste bestimmt, wie lange es in Mamas Familie war und woher es ursprünglich kam. Leider ist sein Erinnerungsvermögen mittlerweile sehr eingeschränkt."

Ich nickte mitfühlend und vermutete, dass Mr. Poffenberger Senior vermutlich an Demenz oder Alzheimer litt.

„Sie haben erwähnt, das Sideboard sei ein Lieblingsstück Ihrer Mutter gewesen", sagte ich.

„Na ja, wenn es einen Brand gegeben hätte, hätte meine Mutter das Sideboard bestimmt vor den Fotoalben aus den Flammen gezogen. Mama kam aus einer wohlhabenden Familie, aber mein Vater stammt aus sehr einfachen Verhältnissen. Das Sideboard war ein Hochzeitsgeschenk von Mamas Mutter gewesen, ein hochwertiges Möbelstück. Alle anderen Möbel hatten sie in Second-Hand-Läden oder auf Flohmärkten gekauft. Meine Mutter hat dieses Sideboard geliebt. Ich bin ziemlich sicher, dass es früher meiner Oma gehört hat. Mama hat immer gesagt, das Sideboard würde nach ihrem Ableben an mich gehen und ich solle es später meiner Tochter zur Hochzeit schenken. Leider habe ich keine Kinder und so sehr ich meine Mutter auch geliebt habe, es ist nicht unbedingt nach meinem Geschmack." Er lachte. „Ich bin froh, dass sie es mir nicht zur Hochzeit geschenkt hat, sonst wäre es nach der Scheidung vermutlich bei einer meiner Ex-Frauen gelandet.“

Bei *einer* seiner Ex-Frauen? Ich verzog das Gesicht und fragte mich, wie oft Matt Poffenberger verheiratet gewesen war. Manchmal lebten sich die Leute auseinander oder veränderten sich, und manchmal tat einer der Partner etwas Unverzeihliches, das die Ehe zerstörte, aber meiner Meinung nach deutete ein solches Muster nicht unbedingt auf einen guten Charakter hin. Obwohl ich das natürlich gut sagen konnte, da ich tatsächlich so lange mit Eli verheiratet gewesen war, bis der Tod uns schied. Ich dachte an Richter Beck und Heather - und daran, wie sie beide unter der Scheidung litten. Sie waren gute Leute. Ich wusste nicht genau, was in ihrer Ehe schiefgelaufen war, aber das Ende kam mir tragisch vor. Vielleicht sollte ich nicht so schnell urteilen.

„Ehrlich gesagt ist Mama wahrscheinlich froh, dass das Sideboard bei Ihnen und nicht bei mir gelandet ist“, gestand er. „Ich hätte es bestimmt zerkratzt oder ein Glas Wasser darauf stehen lassen und die Oberfläche beschädigt.“

Autsch. Es hörte sich so an, als wäre das Möbelstück einfach nur ein Lieblingsstück von Eleonore gewesen. Sie war hiergeblieben, um sicherzustellen, dass es nicht zerhackt oder in leuchtendem Pink gestrichen wurde. Vielleicht würde sie verschwinden, wenn sie sich davon überzeugt hatte, dass es in guten Händen war. Das Gespräch, das ich mit Daisy geführt hatte, brachte mich jedoch dazu, noch weitere Fragen zu stellen.

„Wie ist Ihre Mutter gestorben?“

Er ließ den Kopf hängen. „Krebs. Sie hat fünf Jahre dagegen angekämpft. Ich weiß nicht, ob mein Vater jemals darüber hinwegkommen wird. Sie war eine starke Frau, fröhlich und optimistisch bis zum Schluss, aber es war hart, die ganzen Behandlungen und Operationen mit ansehen zu müssen."

Mir tat das Herz weh und ich konnte nicht anders, als meine Hand auf seine zu legen. „Es ist hart, jemanden zu verlieren, den man so lange geliebt hat."

Er blickte auf meine Hand und nickte. „Sie hat immer gesagt, sie wünsche sich einen schnellen Tod, wie den ihrer Mutter. Oma hatte damals einen Schlaganfall. Keine Schmerzen, keine Behandlungen, keine Operationen. Es war alles in Ordnung, dann hat sie das Mittagessen zubereitet und ist einfach umgekippt. Mama hat gesagt, sie habe kurz vor dem Schlaganfall gesagt, ihre rechte Hand würde sich komisch anfühlen. Oma hatte jedoch Arthritis und dachte sich nichts dabei."

Ich musste auf die Zähne beißen, um die Tränen zurückzuhalten. „So ist mein Mann gestorben. Er hatte vor zehn Jahren einen Unfall und konnte seine Arme und Beine fast nicht mehr bewegen. Außerdem hatte er eine Gehirnverletzung, die sein Sprachvermögen und seinen Denkprozess beeinträchtigte. Ich habe mich immer gefragt, ob ich den Krankenwagen zu spät rief. Im Nachhinein denke ich, dass er vermutlich den ganzen Tag Anzeichen für einen Schlaganfall hatte, die ich übersah."

Matt drehte seine Hand um und hielt meine fest. „Das tut mir wirklich leid, Kay. Wann ist Ihr Mann gestorben?"

Ich versuchte, ruhig zu atmen. „Vor vier Monaten."

Er schwieg. Ich blickte auf und sah seinen traurigen Gesichtsausdruck. „Tut mir leid, das zu hören. Ich kann nicht behaupten, dass ich weiß, was Sie durchmachen, aber ich habe gesehen, wie mein Vater trauerte. Jemanden zu verlieren, den man so lange geliebt hat, ist vermutlich das Schwierigste im Leben."

Ich schniefte, zog meine Hand weg und lächelte schwach. So hatte ich mir unser Treffen nicht vorgestellt. Vermutlich hatte Matt mittlerweile gemerkt, dass ich nicht an ihm interessiert war, aber ich hatte nicht vorgehabt, ihm mein Herz auszuschütten und beinahe in Tränen auszubrechen.

„Jedenfalls ...", fuhr er leise fort, „bin ich sicher, dass Mama sich darüber freuen würde, dass das Sideboard zu jemandem gekommen ist, der es wirklich zu schätzen weiß. Und jetzt können Sie es an Ihre Kinder weitergeben."

Ich wäre beinahe damit herausgeplatzt, dass ich keine Kinder hatte, aber ich wollte diesem Mann, den ich gerade erst kennengelernt hatte, nicht zu viele persönliche Informationen geben. Außerdem beschworen seine Worte sofort ein Bild von Madison und Henry vor meinem geistigen Auge herauf. Madison würde sich vermutlich nicht besonders dafür interessieren, aber Henry würde sich bestimmt freuen, wenn er das Sideboard erbte. Außerdem waren es seine zehn Dollar gewesen, die mir zum Zuschlag verholfen hatten.

„Ich habe gelesen, dass Ihre Mutter die Tochter von Harlen Hansen war", sagte ich und versuchte, das Gespräch auf eine weniger emotionale Bahn zu lenken.

Matt grinste, lehnte sich erneut in seinem Stuhl zurück und balancierte ihn wieder auf den Hinterbeinen. „Das war sie. Er starb, bevor ich geboren wurde, und Mama hat nie ein schlechtes Wort über ihn verloren, aber nach dem, was mein Vater mir erzählt hat, muss Harlen Hansen ein ziemlicher Arsch gewesen sein."

Er hatte mit vierundfünfzig Jahren eine Neunzehnjährige geheiratet und war plötzlich Vater geworden. Es war verständlich, dass er nicht unbedingt zum „Vater des Jahres" gekürt wurde.

„Er war einfach … kalt. Papa hat gesagt, er habe sich kaum um Mama oder meine Oma gekümmert. Er habe die meiste Zeit im Kaufhaus und mit seinen Kumpels verbracht, Karten gespielt und Whiskey getrunken. Und Golf gespielt. Abgesehen vom Abendessen, bei dem er nie ein Wort gesagt habe, habe er kaum Zeit mit seiner Frau oder seiner Tochter verbracht. Papa hat gemeint, er habe überhaupt nie mit ihnen gesprochen. Er dachte, Oma habe vielleicht Angst vor ihm gehabt, obwohl ihn nie jemand beschuldigt hatte, sie geschlagen zu haben." Er schmunzelte. „Wahrscheinlich war nach der Hochzeitsnacht im Schlafzimmer auch nicht mehr viel los, sie hatten nur ein einziges Kind."

Das war schockierend. Nicht nur, weil Matt über das Intimleben seiner Großeltern spekulierte, sondern weil ich Bilder von Mabel gesehen hatte. Sie war wunderschön gewesen und ihr Name hatte auf jedermanns Gästeliste gestanden. „Warum hat er sie überhaupt geheiratet?", fragte ich und begann, selbst zu spekulieren. „Sie war neunzehn und eine umwerfende Schönheit, er ein vierundfünfzigjähriger Junggeselle. Warum hat er sie geheiratet, wenn er nicht verliebt in sie war oder sich zumindest körperlich zu ihr hingezogen fühlte?"

Matt zuckte mit den Schultern. „Keine Ahnung. Manchmal verändern sich die Leute, wenn sie heiraten. Vielleicht war er bis über beide Ohren in sie verliebt und hat erst nach der Hochzeit gemerkt, dass meine Oma nicht die Frau war, für die er sie hielt. Vielleicht war sie prüde und er hatte es satt, immer wieder ein Feuer auf einem Eisberg entfachen zu müssen. Oder vielleicht war Harlen ein Mann, der eine Vorzeigefrau wollte, die von den anderen Männern in der Stadt begehrt wurde. Vielleicht war er schwul und hat sie als Tarnung benutzt."

Bis auf den zweiten Punkt lag alles im Bereich des

Möglichen. Es waren die Goldenen Zwanziger gewesen. Frauen und junge Leute hatten begonnen, die Welt für sich zu entdecken, sich in ihr zu behaupten und Stellung zu beziehen. Dabei war es oft auch um Sexualität gegangen. Vielleicht war Mabel eine junge Frau gewesen, die auf ihren Ruf geachtet und ihre Jungfräulichkeit bewahrt hatte. Ich bezweifelte jedoch, dass sie prüde gewesen war.

Aber wie hätte ich das schon beurteilen können? Ich war Anfang der siebziger Jahre erwachsen geworden, als Frauen für gleiche Rechte und Möglichkeiten wie Männer kämpften. Ich war von liberalen und leidenschaftlichen Eltern aufgezogen worden, die mich immer voll und ganz unterstützten. Es war einfach für mich gewesen, aufs College zu gehen, gegen die Regierung zu protestieren, mit Eli Sex vor der Ehe zu haben und zu verlangen, dass körperliche Beziehungen für beide Partner befriedigend sein mussten. Nicht, dass ich das jemals von Eli hätte verlangen müssen. Ich hätte mir keinen besseren Liebhaber und Ehemann wünschen können.

„Vielleicht war Harlen schlecht im Bett und Mabel hat sich ihm verweigert", mutmaßte ich und überlegte, wie ich in dieser Situation reagiert hätte.

Matt blinzelte überrascht und lachte laut auf. „Vielleicht haben Sie recht. Das hätte man ihr nicht verübeln können. Ich kann mir meine Großmutter nur nicht im Bett vorstellen, erst recht nicht als engagierte Partnerin. Sie hat bei uns gelebt, seit ich ungefähr zehn Jahre alt war. Sie war bis zu ihrem Tod eine unerschütterliche Verfechterin von Moral und Anstand. Sie hat nie einen Gottesdienst verpasst und immer darauf bestanden, dass wir vor dem Abendessen ein Gebet sprachen. Sie hat Gott gebeten, ihr ihre Sünden zu vergeben. Ich hatte immer den Eindruck, dass neben ihr sogar eine Puritanerin verblasst wäre, aber vielleicht war sie anders, als sie jung war."

„Haben Sie jemals ein Bild von ihr gesehen, als sie neunzehn war, kurz bevor sie geheiratet hat?" Matthew schüttelte den Kopf. Ich zog mein Handy heraus, suchte nach dem Bild und zeigte es ihm.

„Wow. Sie war *tatsächlich* wunderschön, obwohl ich nie richtig verstanden habe, warum Frauen damals wie halbwüchsige Jungs aussehen wollten. Als Twiggy berühmt wurde, wäre ich beinahe Mönch geworden. Ich mag Frauen, die Kurven haben", sagte er und grinste verlegen.

„Sie hatte eine Zwillingsschwester", sagte ich und fragte mich, was mit Lucille passiert war. So weit war ich mit meinen Nachforschungen noch nicht gekommen, da ich mich hauptsächlich auf Eleonore konzentriert hatte.

„Wirklich? Das wusste ich nicht. Sie muss jung gestorben sein, denn weder Mama noch Oma haben sie jemals erwähnt."

Das kam vor. Wenn der Tod ihrer Zwillingsschwester besonders schmerzhaft für Mabel gewesen war, hatte sie vermutlich nicht darüber sprechen wollen. Vielleicht hatten sie sich auch einfach nur auseinandergelebt oder eine schreckliche Auseinandersetzung gehabt. Oder vielleicht hatte Lucille jemanden geheiratet, den Harlen Hansen als unwürdig empfand, und er hatte Mabel verboten, sich mit ihrer Schwester zu treffen oder mit ihr zu sprechen. *Das* hätte bestimmt einen Keil in ihr Liebesleben getrieben.

Aber meine wilden Fantasien hatten vermutlich nicht viel mit der Realität zu tun.

„Ihr Vater hat nach dem Tod Ihrer Mutter eine ganze Weile alleine gelebt", sagte ich, um das Gespräch in die jüngere Vergangenheit zu lenken.

„Zehn Jahre. Wenn sich sein Gesundheitszustand nicht

verschlechtert hätte, würde er immer noch in diesem Haus wohnen. Er sitzt im Rollstuhl, braucht Hilfe bei der Körperpflege und beim Essen und ist mittlerweile auf Sauerstoff angewiesen. Ab und zu schmuggle ich Kartoffelchips und Plätzchen für ihn ins Pflegeheim, aber ich weigere mich, ihm Zigaretten zu bringen. Der Erlös aus dem Hausverkauf und der Nachlassversteigerung sollte ausreichen, um ihm einen angenehmen Lebensabend zu finanzieren und ihn so lange wie möglich am Leben zu erhalten."

Ich wusste genau, wovon er sprach. Aber etwas an seiner Aussage verwirrte mich. „Ihre Mutter war das einzige Kind von Harlen Hansen. Eigentlich hätte sie ein Vermögen erben sollen. Haben sie das Geld verloren oder—" Ich verstummte abrupt, als mir bewusst wurde, dass ich meine Nase in Angelegenheiten steckte, die mich nichts angingen. Es spielte keine Rolle, ob sie ihr Vermögen an der Börse, beim Glücksspiel oder durch ein Unterschlagungsdelikt verloren hatten, es stand mir nicht zu, Fragen zu stellen.

„Da war kein Geld. Ich weiß nicht genau warum, aber Oma war bestimmt nicht wohlhabend, als sie bei uns wohnte. Ich hatte sogar den Eindruck dass meine Eltern sie unterstützten. Als sie gestorben ist, musste Papa das Geld für die Beerdigung zusammenkratzen. Vielleicht hat Harlen alles ausgegeben, bevor er starb, oder das Kaufhaus lief nicht so gut, wie alle dachten."

Mir wurde klar, dass es hier kein Rätsel zu lösen gab. Es ging einfach um eine Frau, die so sehr an einem Familienerbstück hing, dass sie nach ihrem physischen Tod ihren Geist daran geheftet hatte. Entweder würde sie irgendwann wieder verschwinden oder ich musste mich an einen zweiten Geist im Haus gewöhnen.

„Danke, Matt", sagte ich und stand auf. „Es war schön, mit Ihnen zu plaudern, und der Kaffee hat wirklich gut geschmeckt. Er war definitiv nicht zu stark", verkündete ich so laut, dass die beiden anderen Männer es hörten.

Er stand auch auf. „Ich werde meinen Vater morgen im ‚Tranquil Meadows Nursing Home' besuchen. Wir essen jeden Dienstag zusammen zu Mittag. Sie können gerne vorbeikommen, wenn Sie möchten, er würde sich bestimmt über Ihren Besuch freuen. Vielleicht kann er Ihnen mehr über meine Mutter und das Sideboard erzählen."

Ich zögerte. Matt würde einen Besuch im Pflegeheim seines Vaters bestimmt nicht für eine Verabredung halten, also nahm ich sein Angebot an. Außerdem würde ich so mehr über das antike Möbelstück erfahren, das ich erstanden hatte - und vielleicht eine neue Freundschaft schließen.

„Morgen arbeite ich", sagte ich, „aber ich könnte mir die Mittagspause freihalten."

„Das wäre toll. Papa freut sich immer über Besuch. Kommen Sie einfach um halb zwölf zum Pflegeheim und sagen Sie an der Rezeption, dass Sie mit mir und Maurice Poffenberger zu Mittag essen."

Das hörte sich viel besser an, als an meinem Schreibtisch zu sitzen, ein Thunfischsandwich zu essen und mir Katzenvideos anzusehen.

„Klingt gut. Ich freue mich darauf, Ihren Vater kennenzulernen, Matt."

Er führte mich zur Tür und winkte einem Mann zu, der gerade hereinkam. „Ich freue mich auch. Bis morgen."

5

———

Das „Tranquil Meadows Nursing Home" war ein weitläufiges einstöckiges Gebäude am Stadtrand. Der Parkplatz war deprimierend leer und ich konnte direkt vor dem Eingang parken. Ich ging an einem riesigen dreistufigen Springbrunnen vorbei und betrat das Gebäude durch eine automatische doppeltbreite Glastür. Eine junge blonde Frau, die einen Kittel mit tanzenden Pinguinen auf türkisfarbenem Hintergrund trug, lächelte mich an und reichte mir das Gästebuch. Als ich sagte, ich sei hier, um mit Maurice Poffenberger und seinem Sohn Matthew zu Mittag zu essen, hellte sich ihr Gesicht auf und sie lächelte.

„Maurice wird hier von allen gemocht. Er ist ein wirklich netter Mann und wird sich bestimmt freuen, zwei Besucher zu haben."

Sie kam um den Schreibtisch herum und führte mich einen Flur entlang zur Cafeteria. Mir fiel auf, dass das Pflegeheim trotz meiner Befürchtungen nicht nach antiseptischen Reinigungsmitteln oder Latex roch. Stattdessen hing der Duft von frisch gebackenen Plätzchen und Apfel-Zimt-

Kuchen in der Luft. Das war genau die Art von Pflegeheim, in das ich ziehen wollte, wenn ich eines Tages nicht mehr für mich selbst sorgen konnte. Es kam mir nicht wie ein Krankenhaus sondern eher wie eine gemütliche Tagesstätte vor.

„Er hat heute einen guten Tag", vertraute sie mir an. „Manchmal ist er sehr verwirrt und weiß nicht, wo er ist, und fragt nach seiner Frau. An manchen Tagen denkt er, Darren, der Pfleger, der ihn betreut, sei sein Sohn. Aber heute ist sein Verstand messerscharf."

Sie stieß eine Doppeltür auf und der Duft von Hähnchen und Pommes stieg mir in die Nase. Anstelle von langen rechteckigen Tischen standen kleine runde Tische im Raum, an denen die Bewohner saßen. Viele von ihnen saßen im Rollstuhl. Neben einigen saßen Pfleger, die ihnen halfen, das Essen zu zerkleinern oder sie sogar fütterten. Es wärmte mir das Herz, dass selbst diejenigen, die nicht mehr ohne Hilfe essen konnten, in den Speiseraum gebracht wurden, um mit den anderen Bewohnern zusammen eine Mahlzeit zu genießen.

Ich entdeckte Matt und sagte zu der blonden Frau, dass ich mich alleine zurechtfinden würde. Er winkte mir zu, während ich den Speiseraum durchquerte, sprang auf und zog einen Stuhl neben einen älteren Mann heran, der mit einem Sauerstoffschlauch in der Nase vor einem Teller mit Brathähnchen und grünen Bohnen saß.

„Ich habe Hähnchen für Sie bestellt", sagte Matt lächelnd. „Es schmeckt richtig gut. Die Damen in der Küche panieren es und bereiten es frisch zu. Und die grünen Bohnen braten sie in Speckfett."

Ich erinnerte mich an das Krankenhausessen, das ich monatelang hatte essen müssen, während Eli sich von seinem Unfall erholte. Das Cafeteria-Personal war von gesundem, fettarmem, kohlenhydratarmem, kalorienarmem, sandigem Essen besessen gewesen. Mit Speckfett zubereitete grüne Bohnen klang himmlisch.

Als ich mich hinsetzte, rückte Matt meinen Stuhl zurecht. Ich drehte mich zur Seite und lächelte seinen Vater an. „Hallo, Mr. Poffenberger. Ich bin Kay Carrera. Ich habe das Sideboard Ihrer Frau gekauft und Ihr Sohn hat mich hierher eingeladen, weil ich gerne mehr darüber erfahren möchte. Er hat mir erzählt, Ihre Frau habe sehr an diesem Möbelstück gehangen.“

In diesem Moment kam eine Mitarbeiterin des Pflegeheims zu uns herüber und stellte einen Teller mit Hähnchen, Pommes und grünen Bohnen vor Matt auf den Tisch. Dann drehte sie sich zu Mr. Poffenberger Senior um und ermutigte ihn, zu essen, bevor sie wieder ging. Das Essen roch himmlisch und ich freute mich darauf, es zu probieren.

Maurice warf einen kurzen Blick auf seinen Teller, dann richtete er seine Aufmerksamkeit auf mich. „Carrera. Haben Sie gesagt, Ihr Name sei Kay Carrera? Sind Sie mit diesem Chirurgen verwandt?“

Es war, als hätte man mir ein Messer in die Brust gerammt. „Eli Carrera. Ja. Er war mein Mann.“

„Ein verdammt guter Chirurg. Hat Ellie damals das Leben gerettet, als sie diesen Herzinfarkt hatte. Ich dachte, ich würde sie verlieren. Sie ist die Liebe meines Lebens. Kommt sie heute auch zum Mittagessen?“

Matt nahm einen Bissen von seinem Hähnchen und lächelte seinen Vater beruhigend an, aber ich konnte die Trauer in seinen Augen sehen. „Heute nicht, Papa. Heute nicht.“

Maurice seufzte und stocherte in seinen grünen Bohnen herum. „Die schönste Frau, die ich je gesehen habe. Wir sind zusammen zur Highschool gegangen. Wir waren in meinem zweiten Schuljahr in die Stadt gezogen und als ich zur Algebrastunde ging, sah ich dieses wunderschöne Mädchen mit pechschwarzem Haar und zarter Haut. Sie trug ein kariertes Kleid, das ihre tolle Figur in jeder Hinsicht betonte. Ich musste die Klasse beinahe wiederholen, weil ich mich nicht konzentrieren konnte und sie dauernd anstarren musste. Aber ich habe mich nicht getraut, sie anzusprechen. Ich habe sie erst ein paar Jahre nach dem Schulabschluss um eine Verabredung gebeten."

„Sie waren zweiundzwanzig, als Sie geheiratet haben, nicht wahr?"

Er lachte. „Ich war zweiundzwanzig. Sie war vierundzwanzig. Meine ältere Frau. Ich habe sie vom erstem Moment an geliebt."

Das war so süß. Ich war froh, dass ich ins Pflegeheim gekommen war, um Mr. Poffenberger Senior zu kennenzulernen. Seine Geschichten waren herzerwärmend und sogar Matt bekam wässrige Augen, als er hörte, wie liebevoll sein Vater über seine Mutter sprach.

„Und das Sideboard war ein Hochzeitsgeschenk Ihrer Eltern?"

Maurice runzelte die Stirn und sah einen Moment lang verwirrt aus. „Sie meinen das Ding mit den Intarsien, das im Esszimmer steht? Das hat ihre Mutter ihr geschenkt. Ich glaube, es hat der Schwester ihrer Mutter gehört. Oder ihrer Mutter. Wie auch immer, Ellie hat es seit ihrer Kindheit sehr gemocht und geweint, als ihre Mutter es ihr als Hochzeitsgeschenk gab. Sie hätte dieses Ding sogar behalten, wenn wir obdachlos geworden wären. Sie hat gesagt, es habe ihrer Mutter und ihr selbst viel bedeutet." Der Mann drehte sich plötzlich zu mir um und neigte den Kopf zur Seite. „Sie sind Matts Frau, stimmt's? Es ist richtig, dass Sie es bekommen haben. Ellie wollte, dass es an ihn und seine Kinder geht."

Matt und ich sahen uns gegenseitig an. „Nein, Mr. Poffenberger. Ich bin nicht mit Ihrem Sohn verheiratet. Aber das Sideboard gefällt mir sehr und ich weiß es wirklich zu schätzen. Ich werde es genauso gut pflegen, wie Ihre Frau es getan hat."

Er nickte und aß ein paar seiner grünen Bohnen. „Das ist gut. Und Sie können es an Ihre Kinder weitergeben."

Ich verspürte einen weiteren Messerstich im Herzen und dachte an Henry, dem das Sideboard genauso gut gefiel wie mir. Ich musste mich um mein Testament kümmern. Solche Dinge mussten geregelt sein. Wir aßen schweigend weiter und ich überlegte, was ich den beiden Kindern von Richter Beck zukommen lassen sollte, welche Dinge Daisy gefallen würden und was Richter Beck bekommen sollte.

„Ich wollte im Zweiten Weltkrieg dienen", verkündete Maurice plötzlich. „Ich war erst elf, als er losging. Ich saß mit meinem Fernglas am Strand und versuchte, feindliche Flugzeuge oder U-Boote vor der Küste zu erspähen. Als der Koreakrieg ausbrach, war ich bereits verheiratet und konnte Ellie nicht zurücklassen. Ich war so stolz, als Matt der Air Force beitrat. Er hat in zwei Kriegen gedient. Zwei. Aber das wissen Sie natürlich, Sie sind ja seine Frau."

Merkwürdig.

„Papa, Kay ist nicht meine Frau, sie ist eine Freundin", versuchte Matt zu erklären.

Sein Vater fuchtelte mit der Gabel in der Luft herum und runzelte die Stirn. „Stell dein Licht nicht unter den Scheffel, Sohn. Vietnam. Der Golfkrieg. Und dann die ganze Arbeit mit diesen armen Soldaten und Polizisten, die nicht vergessen können, was sie gesehen haben. Er ist ein guter Mann, Kay. Sie haben eine gute Wahl getroffen, als Sie meinen Sohn geheiratet haben."

„Ich weiß seinen Dienst sehr zu schätzen." Ich lächelte

Matt an und er lächelte zurück. Ich bemerkte, dass ihn das Lob seines Vaters leicht erröten ließ. Oder vielleicht lag es daran, dass sein Vater mich für seine Frau hielt.

Wir aßen und unterhielten uns eine Weile über das Wetter, die örtlichen Highschool-Sportmannschaften und die bevorstehende Regatta. Matt hatte seinem Vater versprochen, ihn mit zur Regatta zu nehmen. Maurice freute sich darauf, an der Veranstaltung teilzunehmen, die er in den letzten zwanzig Jahren noch nie verpasst hatte.

Wir beendeten unser Mittagessen und ich bemerkte, dass einige der Bewohner die Cafeteria verließen. Matt und Maurice blieben sitzen und ich beschloss, einen Kaffee zu trinken und noch eine Weile zu bleiben.

„Mabel habe ich nie besonders gemocht", verkündete Maurice plötzlich.

Ich starrte ihn überrascht an und dachte an die wunderschöne Frau auf dem Foto. „Warum?"

Er runzelte die Stirn. „Sie war eine traurige Frau. Eine Frau mit Geheimnissen. Sie hat Ellie von ganzem Herzen geliebt und mit Zuneigung überschüttet, aber aus irgendeinem Grund mochte ich sie einfach nicht."

Matt seufzte. „Vielleicht wegen der ganzen Kirchenbesuche, Papa. Du warst noch nie besonders religiös."

„Schon möglich." Maurice schüttelte den Kopf. „Ich weiß es nicht. Meine Ellie war ein Engel. Sie war immer fröhlich und heiter, obwohl ihr Vater sein ganzes Leben lang kaum zwei Worte mit ihr geredet hat. Und sein ganzes Geld einer Wohltätigkeitsorganisation und nicht ihr vermacht hat. Es war ihr egal. Mabel nicht. Ich glaube, diese Frau war von Dämonen besessen."

Matt schnappte nach Luft. „Papa. Vielleicht ist es Zeit für ein Nickerchen. Oma war eine nette Frau. Sie war einfach still und schien die meiste Zeit in sich gekehrt zu sein. Du hast es selbst gesagt. Sie hat Mama von ganzem Herzen geliebt."

Maurice nickte. „Stimmt. Nur deshalb war ich damit einverstanden, dass sie bei uns einzieht. Außerdem hätte ich Ellie niemals einen Wunsch abschlagen können. Diese Frau war mein Leben. Es war Liebe auf den ersten Blick, keine andere Frau hätte ihr jemals das Wasser reichen können. So schön und fröhlich. Sie war der Sonnenschein in meinem Leben. Kommt sie zum Mittagessen? Sie ist heute Morgen einkaufen gegangen und ich hatte gehofft, sie würde bis zum Mittagessen wieder zurück sein."

Es brach mir das Herz, das zu hören. Eleonore war trotz des distanzierten Verhaltens ihres Vaters und einer Mutter, die, wie ich annahm, zu Depressionen neigte, eine fröhliche, liebevolle Frau gewesen. Maurice war stolz auf seinen Sohn und hatte ein gutes Leben geführt. Ich hoffte, er würde weiterhin denken, seine Frau sei am Morgen einkaufen gegangen und würde jeden Moment wieder zurückkommen. Er würde sich nicht mit der unerträglichen Tatsache abfinden können, dass sie seit zehn Jahren tot war.

Ich konnte mich auch nicht mit der Tatsache abfinden, dass mein Mann seit vier Monaten tot war - in gewisser Weise schon seit zehn Jahren. Der Gedanke war unerträglich. So traurig seine Demenz auch war, ich beneidete den Mann. Ich wünschte, ich würde in einer Art alternativer Realität leben, in der Eli tagsüber in der Chirurgie war und abends zum Abendessen nach Hause kam. Ich würde mich viel besser fühlen. Das Loch in meinem Herzen würde nicht so wehtun, wenn ich denken würde, dass er jeden Moment nach Hause kam.

Ich folgte Matt, der seinen Vater wieder in sein Zimmer rollte und ihm ins Bett half. Er regulierte die Sauerstoffzufuhr aus einem Tank, der neben dem Bett stand, und drückte die Knöpfe auf der Fernsteuerung des Bettes, bis Maurice bequem lag. Dann kam Darren, der Pfleger, herein und sah nach seinem Patienten. Als wir gingen, döste Maurice, während im Fernseher ein Dokumentarfilm über australische Beuteltiere lief.

Matt und ich kamen an der jungen Blondine an der Rezeption vorbei, die lächelte und uns einen schönen Tag wünschte.

„Ich weiß nicht, was er gegen meine Oma hatte", gestand Matt, als er mich zu meinem Auto begleitete. „Sie hat fünfzehn Jahre lang bei uns gewohnt. Sie schienen sich immer gut verstanden zu haben. Vielleicht liegt es an der Demenz."

Oder vielleicht hatte sein Vater jahrelang Gefühle unterdrückt, die erst jetzt an die Oberfläche kamen. Es musste schwierig für ihn gewesen sein, die negativen Gefühle gegenüber der Mutter seiner Frau, die er so sehr liebte, zu verheimlichen. Vielleicht hatte er nicht riskieren wollen, seine Geliebte mit Kritik an ihrer Mutter zu verletzen, und beschlossen, einfach nichts zu sagen.

Matt blieb neben meinem Auto stehen. „Ich besuche ihn immer dienstags und sonntags. Sie sind jederzeit herzlich willkommen. Ich weiß, dass er sich über Ihren Besuch freuen würde."

Das war tatsächlich eine gute Idee. Ich mochte Maurice und ich mochte Matt. Und es war viel besser, mit den beiden zu plaudern, als an meinem Schreibtisch ein Sandwich zu essen und ohne Mittagspause durchzuarbeiten. „Vielleicht am Dienstag, wenn nichts Dringendes dazwischenkommt."

Er grinste. „Wunderbar. Dann also bis nächsten Dienstag. Rufen Sie mich an oder schreiben Sie mir eine Nachricht, falls etwas dazwischenkommt, sonst erwarten wir Sie zum Mittagessen."

Ich stieg ins Auto. „Nochmals vielen Dank für die Hilfe mit den Möbeln und für die Decken. Und dafür, dass Sie mich Ihrem Vater vorgestellt haben. Er ist wirklich sehr nett.“

Matt nickte. „Das ist er.“ Dann klopfte er mit der Handfläche auf das Dach meines Autos, winkte mir kurz zu und ging zu seinem eigenen Wagen.

Ich fuhr zum Büro zurück und dachte darüber nach, was Maurice über seine Frau gesagt hatte. Es gab kein Rätsel zu lösen, keinen Mord. Sie schien ein glückliches, erfülltes Leben geführt zu haben. Sie hatte keinen Grund, sich an ein Familienerbstück zu heften. Ich hoffte wirklich, dass Eleonore einfach dafür sorgen wollte, dass das Sideboard ein gutes Zuhause bekam, und in ein paar Tagen ins Jenseits übertreten würde.

Aber was war, wenn sie es nicht tat? Wenn ich wüsste, wie ich mit ihrem Geist kommunizieren konnte, würde ich ihn fragen, warum er hier war und was ich tun musste, damit er ging. Die Geister der Mordopfer hatten mir gezeigt, was sie wollten, aber dieser hier war anders. Ich hatte keine Ahnung, was er wollte. Vielleicht war es an der Zeit, Daisys Hellseherin anzurufen. Vielleicht konnte sie mir sagen, was ich tun sollte.

6

„Ihr Name ist Olive O'Toole und sie ist ein Medium.“
Daisy hatte sich viel mehr darauf gefreut, am kommenden Wochenende eine Séance in meinem Haus durchzuführen, als am Grillabend teilzunehmen. Sie hatte ein paar Anrufe getätigt und war pünktlich um sechs mit einer kleinen, pummeligen Frau erschienen, deren dunkles Haar zu hundert winzigen Zöpfen geflochten war, die zu einem unordentlichen Dutt auf ihrem Kopf zusammengebunden waren. Ein paar der Zöpfe hatten sich aus ihrer Frisur gelöst und sie erinnerte mich an Medusa.

Olive sah ganz anders aus, als ich erwartet hatte. Sie trug keine bunten Seidenschals und auch keine Kristallkugel mit sich herum. Stattdessen trug sie einen marineblauen Hosenanzug und eine Brille. Abgesehen von der dramatischen Frisur sah das Medium aus, als würde sie eine Steuerprüfung durchführen wollen.

„Tut mir leid, ich hatte keine Zeit, mich umzuziehen“, sagte Olive und schnitt eine Grimasse, als ich sie in mein Haus winkte. „Ich komme direkt von der Arbeit. Normalerweise führe ich Séancen erst um Mitternacht oder frühestens nach Einbruch der Dunkelheit durch. Ich weiß nicht, ob es zu dieser Tageszeit klappt, aber ich werde es versuchen."

Ich hatte sie gebeten, früh am Abend vorbeizukommen, damit sie nicht durch meine Mitbewohner gestört wurde. Ich hoffte, dass die Séance beendet sein würde, bis Richter Beck nach Hause kam. Ich hatte keine Lust auf eine unangenehme Unterhaltung mit ihm. Ich konnte mir vorstellen, wie sie ablaufen würde: *Ich sehe Geister und am Sideboard, das ich gerade bei einer Nachlassversteigerung erstanden habe, hängt auch einer. Die Hellseherin ist hier, um den Geist zu fragen, was er will, und um ihn zum Gehen zu überreden.*

Ja klar. Als wäre es nicht schon schlimm genug, dass ich zwei Mordopfer entdeckt hatte und beide Male fast selbst zum Opfer geworden war, ohne ihn mit meiner neuen Fähigkeit zu behelligen. Der Richter und seine Kinder waren eine Art Familie für mich und ich wollte sie nicht vergraulen.

Wenn es nicht funktionieren sollte, würde ich Olive bitten, an einem Abend wiederzukommen, an dem die Kinder bei Heather waren, und sie ins Haus schmuggeln, wenn der Richter schlief. Oder ich würde sagen, wir hätten eine Art Weiberabend mit Wein und Kartenspielen. Und einer Séance. Sechzigjährige Witwen taten ständig solche Dinge.

„Das Sideboard steht hier", sagte ich und führte sie ins Esszimmer.

„Darf ich uns ein paar Snacks zubereiten?", fragte Daisy und deutete in Richtung Küche. Ich wusste es zu schätzen, dass sie mich mit ihrer Medium-Freundin alleine ließ und daran gedacht hatte, dass wir vermutlich alle seit dem Mittag nichts mehr gegessen hatten.

„Gerne", antwortete ich. Sie verschwand in der Küche

und ich hörte, wie sie Gläser und Teller aus dem Schrank nahm.

Olive sah sich das Möbelstück an, zog die Schubladen heraus und öffnete die Schranktüren. Dann strich sie mit den Fingern über das Holz, während ich ihr erzählte, was ich über das Stück wusste.

„Ich nehme definitiv eine Energie wahr“, sagte sie. „Den ehemaligen Besitzern muss dieses Stück sehr am Herzen gelegen haben. Es könnte eine simple Anhaftung sein, die mit der Zeit verschwindet. Wann ist diese Eleonore gestorben?“

„Vor zehn Jahren.“

Olive verzog das Gesicht. „Das ist lange her. Auch wenn es eines ihrer Lieblingsstücke war, hätte sie nach ein oder zwei Jahren weiterziehen sollen. Hat ihr Mann jemals ihren Geist oder sonst etwas Ungewöhnliches gesehen, dass mit dem Sideboard zusammenhängt?“

„Das habe ich ihn nicht gefragt.“ Ich konnte mir nicht vorstellen, Maurice Poffenberger zu fragen, ob der Geist seiner Frau an einem Möbelstück haftete, das in ihrem Esszimmer gestanden hatte. Vor allem nicht, wenn sein Sohn Matthew anwesend war. „Aber er hätte bestimmt erwähnt, wenn er ihren Geist gesehen hätte. Ich habe ihm Fragen über seine Frau und insbesondere über dieses Möbelstück gestellt, die er bereitwillig beantwortete.“

Sie nickte. „Es könnte sein, dass er ihn nicht bemerkt hat. Ich war schon in Häusern, in denen es vor Geistern nur so wimmelte, und die Bewohner lebten glücklich und zufrieden vor sich hin, ohne ihre Anwesenheit zu bemerken.“

Ich verzog das Gesicht, als ich an ein Haus voller Geister dachte. Einer war genug. Zwei waren zu viele. Wenn es ganze Schwärme von Geistern in meinem Haus gäbe, würde ich den Makler anrufen und das Haus inklusive Einrichtung verkaufen.

„Also, wie geht so etwas vor sich? Ich habe noch nie zuvor ein Medium konsultiert", gestand ich.

Sie lächelte auf eine herzliche, freundliche, nicht-übersinnliche Weise, setzte sich an den Esstisch und verschränkte die Hände. „Was erhoffen Sie sich von meinem Besuch?"

Im Endeffekt? Den Geist loszuwerden. Diesen hier, nicht den von Eli.

„Na ja, ich frage mich, warum der Geist hier ist. Was will er? Kann ich etwas Bestimmtes tun? Warum haftet er an diesem Sideboard? Und dann möchte ich, dass er verschwindet."

Olive nickte. „Daisy hat gesagt, Sie hätten schon vorher Geister von Verstorbenen gesehen."

„Ja, das stimmt."

Das wussten nicht viele Leute und ich hatte eigentlich nicht vorgehabt, dem Medium viel über mich zu verraten, weil ich sicher sein wollte, dass sie tatsächlich mit dem Geist kommunizierte und sich nichts aus den Fingern sog. Aber ich vertraute darauf, dass Olive legitim und keine Betrügerin war, die versuchte, mit Séancen und Hellseher-Hotlines Geld zu verdienen. Ich wusste nicht, ob es an ihrer adretten Kleidung, an ihrem unspektakulären, professionellen Auftreten oder an ihrer faszinierenden Frisur lag, aber ich vertraute ihr und hatte das Gefühl, dass sie echt war.

Ob sie tatsächlich Energien spüren konnte, war eine andere Frage.

„Wann sehen Sie diesen Geist normalerweise?", fragte sie.

Ich überlegte einen Moment. „Normalerweise, wenn ich

in diesem Zimmer bin oder daran vorbeigehe und zufällig hineinsehe. Meistens, wenn ich alleine bin, aber einmal ist er auch erschienen, als mein Mitbewohner hier war. Wenn wir alle zusammen zu Abend essen, taucht er nicht auf. Jetzt ist er nicht hier."

„Und Sie sind sicher, dass der Geist eine ... Frau ist?"

„Nein. Diese Geister sind Schatten, die eine menschenähnliche Form annehmen. Ich habe nie irgendwelche Geschlechtsmerkmale gesehen. Ich weiß einfach, welches Geschlecht sie haben. Es ist ein Gefühl. Was ihre Identität angeht, kann ich nur raten."

Sie neigte sich vor und stützte das Kinn auf die Hände. „Erzählen Sie mir von den anderen Geistern, die Sie gesehen haben."

Au Backe. „Na ja, es begann nach dem Tod meines Mannes und fiel mit meiner Kataraktoperation zusammen. Zuerst dachte ich, es sei eine Art optische Nebenwirkung der Operation, aber mein Augenarzt sagte, das sei nicht der Fall. Der erste Geist befindet sich hier in meinem Haus und begleitet mich gelegentlich, wenn ich unterwegs bin. Er erscheint meistens abends und seine Anwesenheit ist sehr tröstend, wenn er neben mir sitzt. Ich weiß nicht, ob es Wunschdenken ist, aber ich bin überzeugt davon, dass dieser Geist mein Mann ist."

„Er sieht also aus wie ein Schatten. Und er spricht nicht und benimmt sich nicht wie ein Poltergeist?", fragte sie.

Ich schüttelte den Kopf. „Er ist einfach da. Die beiden anderen Geister, die ich gesehen habe, erschienen, als ich die Leichen von Mordopfern entdeckt habe. Der erste tauchte auf, kurz bevor ich die erste Leiche fand, und ich glaube, er hat die die Umstände ihres Mordes nachgespielt. Der zweite schien sich hauptsächlich im Haus des Ermordeten aufzuhalten. Er war einfach anwesend und schwebte herum, obwohl er einmal auch bei mir im Büro aufgetaucht ist. Ich hatte das Gefühl, dass er mich dazu drängen wollte, seinen Mörder zu finden."

„Hört sich so an, als wäre der erste ein Echo. Solche Geister haben kein Bewusstsein und verschwinden normalerweise ein paar Tage nach dem Tod wieder - oder in diesem Fall, nachdem die Leiche entdeckt wurde. Bei dem anderen haben Sie vermutlich recht. Ist er verschwunden, als sein Mörder gefunden wurde?"

Ich überlegte einen Moment. „Nein, er schwebt immer noch gelegentlich im Garten herum und manchmal sehe ich einen Schatten im Fenster des Hauses."

„Er hängt vermutlich immer noch an seinem Zuhause, genau wie der Geist, der sich an Ihr Sideboard geheftet hat, obwohl zehn Jahre wirklich lange für diese Art von Spuk sind. Soll ich den anderen Geist auch kontaktieren? Den, von dem Sie glauben, dass er ihr Mann ist?"

„Nein." Das sagte ich schneller, als ich denken konnte. Ich wollte es nicht wissen. Ich wollte mich nicht noch schuldiger fühlen, weil Eli immer noch da war. Außerdem wollte ich nicht wissen, ob der Geist vielleicht jemand anderes als Eli war. Dieser Geist hatte viele Abende in meinem Schlafzimmer verbracht, während ich im Pyjama auf den Kissen gelegen und gelesen hatte. Ich würde es nicht ertragen, wenn sich herausstellen sollte, dass ein anderer männlicher Geist in meinem Schlafzimmer herumschwebte.

„Okay, sobald Daisy zurückkommt, beginne ich. Wir dimmen das Licht, ziehen die Vorhänge zu und versuchen, das Zimmer so dunkel wie möglich zu machen. Dann halten wir uns an den Händen und ich versuche, mit dem Geist in Kontakt zu treten. Es kann sein, dass Sie ihn darum bitten müssen, zu erscheinen. Er scheint eindeutig mit

Ihnen verbunden zu sein und die Gegenwart anderer Leute scheint ihn einzuschüchtern."

Wie gerufen tauchte Daisy wieder auf. In der einen Hand hielt sie einen Teller mit Kräckern, Käse und Wurst, in der anderen eine Flasche Weißwein und drei Gläser. Taco folgte ihr auf Schritt und Tritt und miaute verzweifelt. Er schien vergessen zu haben, dass ich ihn erst vor zwanzig Minuten gefüttert hatte.

„Für später", sagte sie und hielt die Flasche in die Höhe. „Vermutlich können wir einen Schluck Wein vertragen, nachdem wir mit dem Geist gesprochen haben. Oder zwei."

Das hörte sich gut an.

Daisy stellte die Flasche, den Teller und die Gläser auf den Tisch und lächelte mich zaghaft an. Dann ging sie vor Taco in die Hocke und legte ein paar Stückchen Käse und Wurst von ihn hin. Schließlich setzte sie sich auf den Stuhl neben mir. Ich stand auf, scheuchte meine Katze aus dem Zimmer, machte das Licht aus und zog die Vorhänge zu. Es war fast stockdunkel.

„Kerzen?", fragte ich Olive. Ich wusste nicht, ob wir welche brauchen würden - oder vielleicht Räucherstäbchen.

„Ich bin altmodisch", sagte sie. „Ich benutze nur dann Kerzen oder Räucherstäbchen, wenn sie etwas mit dem Geist zu tun haben, mit dem ich kommuniziere. In diesem Fall dürfen wir ihn nicht erschrecken. Wir werden ihn einfach um seine Anwesenheit bitten, geduldig warten und versuchen, so einladend und unvoreingenommen wie möglich zu wirken."

Ich setzte mich und wir hielten uns über den Tisch hinweg an den Händen. Olive begann, eine unbekannte Melodie zu summen. Ich schloss die Augen und versuchte, mich zu konzentrieren.

„Würden Sie den Geist bitten, sich uns anzuschließen, Kay?", flüsterte Olive.

„Eleonore? Oder wer auch immer Sie sind. Bitte erscheinen Sie, damit wir mit Ihnen sprechen können." Ich öffnete die Augen, aber neben dem Sideboard war nichts. „Ich mag dieses Sideboard sehr. Ich hatte befürchtet, dass der Preis mein Budget übersteigen und der Zuschlag an jemand anderen gehen würde. Ich kann Ihnen gar nicht sagen, wie glücklich ich war, als ich es mit nach Hause nehmen konnte. Es passt perfekt in dieses Zimmer. Ich werde es immer in Ehren halten und dafür sorgen, dass es nach meinem Tod an jemanden geht, der es genauso gut pflegen wird wie wir beide."

In der Ecke schimmerte etwas, als würde dieser Teil des Zimmers plötzlich von einer Hitzewelle erfasst, obwohl es ziemlich kühl war.

„Sie haben sich mir schon einmal gezeigt und ich würde Sie jetzt wirklich gerne sehen. Das sind meine Freundinnen. Sie brauchen sich nicht vor ihnen zu verstecken."

Der Schimmer verschwand zwar nicht, nahm aber auch nicht die Form eines Geistes an.

„Mir liegt dieses Sideboard sehr am Herzen. Ich bezweifle, dass Sie seit zehn Jahren an diesem Möbelstück haften, weil Sie wollen, dass es ein gutes Zuhause bekommt. Wollen Sie etwas Bestimmtes von mir? Kann ich Ihnen irgendwie helfen? Wenn Sie sich verstecken, kann ich Ihnen nicht helfen. Ich kann nicht mit Ihnen kommunizieren, Olive wird das an meiner Stelle tun. Bitte vertrauen Sie ihr. Wenn ich nicht weiß, was Sie wollen, kann ich Ihnen nicht helfen. Ich möchte Ihnen helfen. Ich möchte, dass Ihre Seele in Frieden ruhen kann."

Der Schimmer wurde immer dunkler; ein schwarzer Fleck in einer dunklen Ecke in einem dunklen Zimmer.

Ich spürte einen eisig kalten Luftzug und sah, wie Olive schauderte. Sie drückte meine Hand immer fester, dann schlug sie die Augen auf. Sie hatte einen glasigen, leeren Blick.

„Ich kann nicht ruhen. Ich werde nie ruhen können."

Ich hatte das Gefühl, dass Olive nicht mehr sie selbst war.

„Wer sind Sie?", fragte Daisy. Sie nahm es offensichtlich gelassener als ich, dass eine Frau in einem marineblauen Hosenanzug einen Geist channelte.

„Ich kann nicht ruhen. Es war meine Schuld."

Ich runzelte die Stirn. *Was* war ihre Schuld? Hatte Eleonore ein dunkles Geheimnis, von dem weder ihr Mann noch ihr Sohn etwas wussten? Sie hatten sie als fröhliche und liebenswerte Frau beschrieben, obwohl die Leute dazu neigten, die guten Eigenschaften von Toten hervorzuheben und ihre Schwächen zu vergessen.

„Was war Ihre Schuld?", fragte Daisy. „Ihr Mann vermisst Sie sehr."

Olive zuckte zusammen. Dann schauderte sie erneut und holte tief Luft. „Ich kann nicht ruhen."

War das, was ich dem Gespräch mit Maurice und Matt entnommen hatte, nur ein Hirngespinst gewesen? Oder lag ich mit meiner Annahme völlig falsch?

„Ihr Sohn liebt und vermisst Sie auch", sagte ich zu ihr.

Olive drehte sich mit einem leeren, verwirrten Blick in meine Richtung. „Ich kann nicht ruhen."

„Wer sind Sie?", fragte ich. „Sind Sie Eleonore?"

Sie starrte mich an.

„Eleonore?"

Vielleicht stiftete diese Séance nur noch mehr Verwirrung. Ich wünschte, der Geist würde mehr als nur immer wieder „Ich kann nicht ruhen" sagen. Kannte er die vorherige Besitzerin des Sideboards etwa nicht? Wer *war* dieser weibliche Geist, der in meinem Esszimmer herumspukte?

„Warum sind Sie hier?" Es war offensichtlich, dass der Geist mir nicht sagen wollte - oder konnte -, wer er war. Vielleicht würde er die nächste Frage beantworten.

„Ich kann nicht ruhen."

Das hatten wir bereits festgestellt. „Was kann ich tun, damit Sie ruhen können?"

Der Schatten in der Ecke des Zimmers begann, sich in ein uraltes beschädigtes Foto zu verwandeln. Was ich sah, bestätigte, dass es sich um eine Frau handelte, aber ich konnte nur den unscharfen Umriss eines Kleides und eine schlanke Hand erkennen, die auf einer Ecke des Sideboards ruhte.

„Mir kann niemand helfen. Ich kann nicht ruhen. Es war meine Schuld. Ich war schwach und hatte Angst. Ich wusste nicht, was ich tun sollte. Ich war schwach und es war meine Schuld. Möge Gott mir meine Sünden vergeben. Bitte, Gott, vergib mir meine Sünden. Vergib mir meine Sünden."

Mir war kalt – kälter als sonst, wenn ich in der Gegenwart eines Geistes war. Die Worte des Geistes hallten in meinem Kopf wider und plötzlich musste ich an Matthew Poffenberger denken, der mir vor zwei Tagen am Bingo-Tisch von seiner Großmutter erzählt hatte.

„Mabel?", flüsterte ich ungläubig. Wenn sie es war, musste sie sich im Jahr 1980 an das Sideboard geheftet haben und flehte seither Gott um Vergebung ihrer Sünden an - in der Gegenwart von Menschen, die sie weder sehen noch hören konnten.

„Ich kann nicht ruhen", sagte sie erneut. Dann ließ die Kälte nach und der Schatten verschwand. Olive schauderte und wurde wieder sie selbst.

Ich dachte an das Bild von Mabel Stevens, die umwerfend schöne Neunzehnjährige, die sich mit dem begehrtesten Junggesellen der Gegend verlobt hatte. Es war schwierig, sie mit der puritanischen, ernsten Frau in Matts Erinnerung zu vereinen. Diese beiden Frauen mit dem Geist in meinem Esszimmer zu vereinen war sogar noch schwieriger.

Maurice Poffenberger hatte recht gehabt. Seine Schwiegermutter hatte mit Dämonen gekämpft – Dämonen, die so bedrohlich waren, dass sie befürchtet hatte, Gott würde ihr niemals vergeben und sie ruhen lassen.

O Mabel, du wunderschönes junges Mädchen, was hast du nur getan, um solche Pein zu verdienen?

7

———

Olive erholte sich schnell von ihrem Einsatz als Medium und verschlang gierig die Häppchen, die Daisy bereitgestellt hatte. Den Wein tranken nur Daisy und ich, da unsere Hellseherin behauptete, sie würde Migräne bekommen, wenn sie nach einer Séance Alkohol trank. Geister vertrugen wohl keine Spirituosen. Ich begann zu kichern - ein klares Zeichen dafür, dass die Séance mich bis ins Mark erschüttert hatte.

„Das war intensiv." Olive rieb sich die Stirn. „Die arme Frau wird von Schuldgefühlen geplagt. Kein Wunder, dass sie nicht ins Jenseits übergetreten ist. Ich wünschte, sie hätte mir mitgeteilt, weshalb sie sich schuldig fühlt. Manchmal teilen mir die Geister Gefühle und Eindrücke mit, die sie nicht verbal ausdrücken können. Dieser hier hat mich nur seine Gefühle spüren lassen und die waren ziemlich stark. Diese Frau hat sehr lange gelitten, sowohl im Leben als auch im Tod."

„Es ist nicht Eleonore", sagte ich. „Ich glaube, es ist der Geist von Mabel, ihrer Mutter. Sie schien verwirrt gewesen zu sein, als ich ihren Sohn erwähnte. Das würde einen Sinn ergeben, da Mabel nur ein einziges Kind hatte - ihre Tochter. Und als du ihren Mann erwähnt hast, ist sie zusammengezuckt. Eleonore und Maurice hatten eine liebevolle Beziehung, wie ihr Mann und ihr Sohn mir erzählt haben, aber die Ehe von Mabel und ihrem Mann schien sehr frostig gewesen zu sein."

„Vielleicht haben die Schuldgefühle etwas mit ihrer Tochter zu tun", mutmaßte Daisy. „Könnte es sein, dass Eleonores Vater sie missbraucht hat? Ich kann mir gut vorstellen, dass eine Mutter sich schuldig fühlen würde, wenn sie ihre einzige Tochter nicht vor ihrem brutalen Ehemann beschützt und gerettet hätte."

Ich zuckte mit den Schultern. „Es wäre schwierig, das herauszufinden. Er war ein bekannter Geschäftsmann in unserer Gegend. Damals hätte man so etwas unter den Teppich gekehrt. Mabel und Eleonore sind beide tot und die einzige andere Person, die das wissen könnte, ist Maurice. Ich weiß nicht, ob er bereit wäre, darüber zu sprechen."

„Vielleicht würde er mit seinem Sohn darüber sprechen", sagte Daisy. „Frauen, die missbraucht werden, vertrauen sich erfahrungsgemäß ihren Freundinnen an. Vielleicht leben noch ein paar von Eleonores Freundinnen, diejenigen von Mabel sind bestimmt schon gestorben. Frag den Sohn, wer ihre engsten und langjährigsten Freundinnen waren und rede mit ihnen."

Daisy hatte recht. Ich hatte mich daran gewöhnt, online zu recherchieren. Manchmal vergaß ich meinen journalistischen Hintergrund.

„Wie auch immer, ich glaube, es ist gut, dass Sie nachforschen", kommentierte Olive. „Der Geist dieser Frau ist gequält. Sie braucht Hilfe. Ich kann gerne noch einmal vorbeikommen und es erneut versuchen. Ich kann die Trauer dieser Frau nicht ignorieren, nachdem ich sie so deutlich gespürt habe. Wir sollten versuchen, ihr auf jede erdenkliche Weise zu helfen."

Ich hörte einen dumpfen Schlag an der Haustür und stand auf, weil ich dachte, dass es Taco war, der mit dem Kopf dagegen stieß und rausgelassen werden wollte. Vielleicht würde ihn ein zweites Abendessen ablenken. Als ich in den Flur hinaustrat, stieß ich fast mit Richter Beck zusammen.

Er stand vor der Esszimmertür und hielt eine riesige Kiste in den Händen. Wir starrten ihn an. Er starrte uns an. Er sah aus, als hätte er uns dabei überrascht, wie wir nackt auf dem Tisch tanzten. Waren drei Frauen, die Käse aßen und Wein tranken, wirklich so einschüchternd?

„Ähm, tut mir leid", stammelte er. „Ich wusste nicht ... ich dachte ..."

Ah, die Kiste. Er war früher als erwartet nach Hause gekommen und hatte seine Akten auf dem Esstisch ausbreiten und hier arbeiten wollen. Ich fühlte mich geschmeichelt, dass er seine Fälle lieber hier in meinem Esszimmer durchsah, als bis spät abends im Büro zu sitzen.

„Wir sind gleich fertig", sagte Daisy zu ihm. „Olive wollte gerade—"

„Nach Hause gehen", unterbrach ich sie und warf ihr einen warnenden Blick zu. „Sie können Ihre Kiste gerne hier lassen und sich etwas zu Essen holen. Bis Sie Ihr Sandwich zubereitet haben, sind wir weg."

Olive stand auf und lächelte den Richter an. Daisy stand ebenfalls auf, aber da ihr Weinglas noch halb voll war, beschloss ich, unsere „Party" auf die Veranda zu verlegen.

„Ich will Sie nicht vertreiben, meine Damen", sagte der Richter. „Es ist Ihr Haus, Kay. Ich habe Ihr Esszimmer ohne zu fragen in ein Büro verwandelt, aber Sie waren zuerst da. Ich kann oben arbeiten."

Vor meinem geistigen Auge sah ich ihn von Akten umgeben auf seinem Bett sitzen und entschied, dass es zu unbequem war.

„Nein, nein. Es macht wirklich keine Umstände. Wir gehen auf die Veranda. Es ist ein schöner Abend und Olive wollte sowieso gerade gehen. Daisy auch. Na ja, sobald sie ihren Wein ausgetrunken hat."

Daisy trank ihr Glas in einem Schluck aus und stellte es auf den Tisch. „Schon erledigt. Ich bringe den Teller und die Gläser in die Küche und dann gehört der Tisch ganz Ihnen."

Ich bemerkte, wie sehnsüchtig Richter Beck den übrig gebliebenen Käse und die Wurst beäugte. „Den Teller kannst du hier lassen", sagte ich zu Daisy.

Olive verabschiedete sich und versicherte mir erneut, dass sie mir jederzeit zur Verfügung stünde. Dann schüttelte sie Richter Beck die Hand und ging. Daisy sammelte die Weingläser ein und huschte in die Küche. Der Richter ging um den Tisch herum zu dem Stuhl, auf dem Olive vorher gesessen hatte, direkt vor dem Sideboard. Als er die Kiste auf den Tisch stellte, schauderte er und blickte über die Schulter in die Ecke, in der der Schatten erschienen war.

Konnte er ihn sehen? Spürte er ihn? Er war zurückgekommen und zum zweiten Mal erschienen, als er im Zimmer war. Vielleicht war er jetzt, wo er vor Daisy und Olive erschienen war, nicht mehr so scheu. Dem Geist, den ich für Eli hielt, vertraute ich. Bei diesem hier war ich nicht sicher, ob er sich als Poltergeist entpuppen würde. Ich wusste nicht einmal genau, wessen Geist es war.

„Zieht es hier?", fragte der Richter und begann, Akten aus der Kiste zu nehmen.

„Schon möglich. In dieser Ecke ist es manchmal kalt."

Das war es tatsächlich, vor allem, seit ich ein gewisses Möbelstück gekauft hatte.

„Olive habe ich noch gar nicht kennengelernt. Ist sie eine Arbeitskollegin von Ihnen?"

„Sie ist ... eigentlich eher Daisys Freundin als meine", antwortete ich. Mir wurde bewusst, dass ich wirklich nicht viele Freunde hatte. Ich musste Carson und Maggie zum Abendessen einladen. Und ich musste Suzette und Kat bitten, auf eine Flasche Freitagswein auf der Veranda vorbeizukommen. Meine Freizeitaktivitäten schienen sich auf morgendliche Yoga-Übungen und die gelegentliche Happy Hour mit Daisy zu beschränken. Ich verbrachte viele Abende damit, mir im Keller Filme anzusehen oder im Wohnzimmer Babymützen für das Krankenhaus zu stricken - oder im Bett zu lesen. Ich verließ mich zu sehr auf die Gesellschaft von Richter Beck und seinen Kindern. Wenn ich mein Sozialleben nicht auf Vordermann brachte und neue Freundschaften schloss, würde ich sehr einsam sein, wenn sie wieder auszogen.

Das Grillfest am Wochenende würde eine gute Gelegenheit sein, aus meinem Schneckenhaus herauszukommen und mit den Nachbarn zu plaudern. Das war genauso wichtig, wie ihnen Richter Beck vorzustellen.

8

Am nächsten Morgen war J.T. im „Gator, Private Eye"-Modus und schleppte kistenweise Kostüme und Requisiten für seine nächste Videoproduktion ins Büro. Ich konzentrierte mich auf die CreditCorp-Akten und versuchte, ihn zu ignorieren, während er immer mehr Sachen aus dem Auto holte. Ich hoffte, er würde nicht versuchen, mich in diese Produktion hineinzuziehen, weder vor noch hinter der Kamera. Mir wurde erst klar, dass die heutige Produktion in unserem Büro stattfinden würde, als er eine Weile später mit einer riesigen Schachtel Dixie Donuts und vier Polizisten im Schlepptau wieder zurückkam. So viel zum Thema Arbeit erledigen.

„Heute stellen wir die Szene mit Bürgermeister Briscane nach", verkündete einer der Polizisten und grinste breit.

Ich zuckte zusammen und spürte, wie ich unruhig wurde. J.T. spielte immer reale Fälle nach, obwohl es sich bisher um Kautionsflüchtlinge, Pfändungen und gelegentliche Ermittlungen wegen mutmaßlicher Untreue gehandelt hatte. In diesem Fall ging es um Mord. Und um unseren ehemaligen Bürgermeister. Unser kleines Städtchen war noch nicht darüber hinweggekommen, dass er vor ein paar Monaten jemanden umgebracht hatte.

„Ich spiele den Bürgermeister und ziele mit einer Waffe auf Sie. Keine Sorge, es ist keine echte Pistole", fügte der Polizist hinzu, drehte sich um und schenkte sich eine Tasse Kaffee ein.

Das war sogar noch schlimmer. Ich wollte diesen Moment nicht noch einmal erleben. „J.T.?", rief ich. „Kann ich kurz mit Ihnen reden?"

„Hat das nicht bis später Zeit, Kay?", fragte er, stellte den Koffer mit seiner Kameraausrüstung neben seinen Schreibtisch und klappte den Deckel auf. „Ich bezahle diese Männer und möchte nicht, dass sie unnötig herumsitzen."

„Die Bezahlung besteht aus Donuts und Kaffee", warf einer der Beamten ein. Sie lachten alle und stürzten sich wie ein Schwarm Piranhas auf die Donuts.

„Jetzt sofort." Ich sprach nur selten in diesem Ton mit meinem Chef, aber wenn ich es tat, wusste er, dass ich es ernst meinte. Er verzog das Gesicht, klappte den Deckel wieder zu und gab mir zu verstehen, dass ich ihm nach draußen folgen sollte.

Ich kam sofort zur Sache. „Es ist zu früh, J.T. Die Leute haben sich noch nicht damit abgefunden, dass unser Bürgermeister ein Mörder ist. Tun Sie das nicht."

„Meine Videos sind sehr beliebt und dieser Fall ist monumental. Die Leute interessieren sich für diese Art von True Crime und die Tatsache, dass sich das alles in einer kleinen Stadt zugetragen hat, macht den Fall noch viel spannender."

Es tat weh, dass wir alle von einem Psychopathen getäuscht worden waren, der uns vorgegaukelt hatte, er sei ein aufrechter, tugendhafter Staatsdiener.

„Er war unser *Bürgermeister*. Und davor war er der

Bezirkskommissar und sogar ein Mitglied der Schulbehörde. Wir haben ihm alle vertraut. Wir haben ihn alle gemocht. *Sie* haben ihn gemocht. Er war Ihr Freund. Sie haben regelmäßig mit ihm gefrühstückt und Golf gespielt. Sie haben bei ihm und seiner Frau zu Hause zu Abend gegessen."

J.T.s Gesichtsausdruck verhärtete sich, als er das hörte, und mir wurde plötzlich klar, dass er sich mit dieser Folge an seinem langjährigen Freund für seinen Betrug rächen wollte. Es ging ihm nicht darum, zusätzliche Aufrufe zu generieren. Es war seine Art, den Schmerz zu bewältigen. Pete Briscane war sein Freund gewesen. J.T. war zwar Privatdetektiv, seinen langjährigen Freund hätte er jedoch niemals des Mordes verdächtigt. Er kam sich wie ein Narr vor. Er fühlte sich betrogen. Mit diesem Video würde er Pete aus seinem Leben verbannen und den Heilungsprozess beginnen.

Wie hätte ich ihm das verweigern können? Das Video würde die Leute in der Stadt nicht mehr beeinträchtigen, als es die Aufmerksamkeit der nationalen Nachrichtenagenturen bereits getan hatte.

„Okay. Gut. Aber ich spiele nicht mit. Ich verstecke mich nicht unter dem Schreibtisch, während dieser junge Polizist, der überhaupt nicht wie Pete aussieht, eine Waffe auf mich richtet."

„Es ist keine echte Waffe", entgegnete J.T.

„Das spielt keine Rolle."

„Können Sie heute Nachmittag zum MegaMart kommen und—"

„Nein." Ich warf ihm einen strengen Blick zu. „Ich werde weder den Moment, in dem ich Caryn Swansons Leiche gefunden habe, noch den Mordversuch des Bürgermeisters an mir nachspielen. Heuern Sie eine Stuntfrau an oder filmen Sie die Szenen anders. Für Sie mag das Ganze vielleicht eine therapeutische Wirkung haben, für mich nicht. Ich weigere mich, in diesem Video mitzuspielen.“

Sein Gesichtsausdruck wurde weicher. „Kay, es tut mir leid. Daran habe ich nicht gedacht ... Ich bin ein Vollidiot. Es tut mir wirklich leid.“

„Schon in Ordnung“, sagte ich. „Es gibt einfach Dinge, die ich nicht noch einmal erleben möchte. Wie zum Beispiel, die Leiche einer jungen Frau in einem Wassergraben zu finden oder beinahe von unserem Bürgermeister erschossen zu werden.“

Oder die Leiche meines Nachbarn zu finden und beinahe von seinem Mörder erwürgt zu werden. Ich hoffte, dass J.T. beschließen würde, diesen „Fall“ nicht auf seinem YouTube-Kanal hochzuladen.

„Wir werden einfach alles aus einem anderen Blickwinkel filmen“, versicherte er mir. „Ich möchte Ihnen trotzdem Anerkennung zollen für das, was Sie getan haben. Ehrlich gesagt haben Sie in diesem Fall die ganze Ermittlungsarbeit geleistet. Eigentlich ist es eher eine Folge von ‚Kay, Private Eye‘ als von ‚Gator, Private Eye‘.“

Er benutzte meinen Vornamen, weil ich seine Versuche, mir einen schnittigen Spitznamen zu verpassen, ignoriert hatte.

„Sie haben mehr als genug getan, J.T. Wenn Sie nicht gewesen wären, wäre ich jetzt tot. Sie waren derjenige, der Pete überwältigt hat, während ich mich unter dem Schreibtisch versteckte und darum betete, nicht erschossen zu werden.“

Plötzlich sah mein Chef so alt aus, wie er war. „Es war ein glücklicher Zufall. Ich hatte mich mit Pete zum Frühstück verabredet. Wenn ich nicht im Büro vorbeigekommen wäre, um eine Akte zu holen, die ich vergessen hatte, wäre ich nicht rechtzeitig da gewesen. Vielleicht haben Sie recht, Kay. Vielleicht sollte ich diesen Fall nicht filmen."

Ich holte tief Luft. „Doch, das sollten Sie. Es sollen ruhig alle wissen, was für ein schrecklicher Mensch Pete ist. Das hat er verdient. Sie sind es seinen Opfern schuldig, ihre Geschichte zu erzählen. Ich werde darüber hinwegkommen, wenn ich nicht in diesem Video mitspielen muss."

„Abgemacht", sagte J.T. „Wir gehen besser wieder rein, bevor alle Donuts weg sind. Die von ‚Dixie's' schmecken einfach am besten."

Sie waren frisch zubereitet und enthielten Zutaten aus der Region. „Hoffentlich ist noch einer mit Heidelbeercreme übrig. Ach, und J.T.?", rief ich, als er die Tür erreichte.

Er drehte sich um und sah mich fragend an.

„Vielen Dank. Für alles. Nicht nur dafür, dass Sie mich davor bewahrt haben, erschossen zu werden, sondern auch dafür, dass Sie mir einen Job gegeben haben, als ich dringend einen brauchte."

Er lächelte, legte den Arm um meine Schultern und geleitete mich ins Büro. „Ich bin froh, dass Sie hier sind, Kay", sagte er. Dann drehte er sich um und rief den Polizisten zu, die sich bei der Schachtel mit den Donuts und der Kaffeekanne versammelt hatten: „Ich hoffe, ihr habt einen Donut für Kay übrig gelassen, sonst werde ich keinen von euch in meinem Video erwähnen."

9

Ich versuchte, die Dreharbeiten zu einem Video, das sich wie ein großer Kinofilm anfühlte, auszublenden und weiterzuarbeiten. Mittags, als die Darsteller und die Crew auf ihren Pastrami-Sandwiches herumkauten, rief ich Matt an, um ihn um ein Treffen zu bitten. Ich wollte ihm ein paar Fragen über seine Großmutter stellen.

Ich bezweifelte, dass Mabel sich an das Sideboard geheftet hatte, weil sie dafür sorgen wollte, dass es ein gutes Zuhause bekam. Vor allem, weil sie Gott immer wieder verzweifelt um Vergebung ihrer Sünden angefleht hatte. Was hatte die Frau getan? Und wie lange haftete sie schon an diesem Möbelstück und suchte verzweifelt nach jemandem, der ihr zur Erlösung verhalf?

Matt schien sich über meinen Anruf zu freuen und bat mich, ihn nach der Arbeit auf einen Kaffee in einem nahe gelegenen Café zu treffen.

Mir wurde erst klar, dass er meine Einladung erneut falsch verstanden hatte, als ich das Café betrat. Es war schon sehr lange her, seit ich ein Date gehabt hatte, aber ich erkannte schnell, dass sein Lächeln etwas herzlicher und hoffnungsvoller war, als die Umstände es erforderten. Ich hatte ihm gesagt, dass ich Witwe war. Er wusste, dass mein Mann erst kürzlich gestorben war, schien jedoch anzunehmen, dass ich meine Trauer überwunden hatte, wenn ich mich mehrere Male pro Woche mit ihm traf. Madison hätte die Situation als „schräg" bezeichnet. Wie zum Henker sollte ich da wieder rauskommen? Und wie sollte ich diesen Mann fragen, ob seine Mutter als Kind missbraucht worden war, wenn er unser Treffen für den Anfang einer romantischen Beziehung hielt?

Ich fühlte mich noch schlimmer, als er aufstand, einen Stuhl für mich hervorzog und fragte, was für einen Kaffee er für mich bestellen könne. Ich sagte, er müsse mich nicht einladen, doch dann sah ich wieder diesen hoffnungsvollen Ausdruck in seinen Augen. Ich musste es ihm auf schonende Weise beibringen, obwohl ich mich sehr geschmeichelt fühlte. Es hatte schon lange niemand mehr mit mir geflirtet. Es war schön, dass er mich attraktiv fand. Wäre das alles zwei Jahre später passiert, wäre ich vielleicht empfänglicher gewesen.

„Dunkle Röstung mit einem Spritzer Sahne", sagte ich. Normalerweise trank ich meinen Kaffee schwarz, aber ab und zu verfeinerte ich ihn. Ein bisschen Schlagsahne oder ein Löffel Eis konnten einen Kaffee von einem Morgengetränk in eine festliche Leckerei verwandeln.

„Kommt sofort." Matt ging zur Bar, um die Bestellung aufzugeben, und ich zog mein Handy aus der Handtasche und überlegte, ob ich Daisy schreiben sollte.

Ja. Das sollte ich.

Hilfe. Habe Matt P gebeten, mich auf einen Kaffee zu treffen, um ihm Fragen über den Geist zu stellen, aber er denkt, es sei ein Date.

Ich legte das Handy auf meinem Schoß, beobachtete Matt und hoffte, Daisy würde bald antworten.

Mein Handy piepte. *Großartig! Viel Spaß!*

Vielen Dank, Daisy. Ich starrte auf das Handy. *Es ist kein Date. Ich bin seit kurzem Witwe. Ich bin nicht an ihm interessiert.*

Naja, trotzdem viel Spaß. Oh, und schick mir ein Foto. Wenn du ihn nicht willst, könnte ich ja mit ihm ausgehen.

Das würde auf keinen Fall passieren. Das Foto, nicht die Dating-Geschichte. Mein Chef würde zwar am Boden zerstört sein, wenn Daisy mit Matthew Poffenberger ausgehen würde.

Es blieb keine Zeit zum Antworten, da Matt mit unseren Getränken zurückkam. Er brachte auch einen Teller mit Zuckerplätzchen in Schmetterlingsform, die mit glänzendem Zuckerguss und kleinen silberfarbenen Kügelchen an den Enden der Fühler dekoriert waren.

„Bitte schön." Er lächelte verlegen. „Sind sie nicht niedlich? Ich weiß nicht, wie es Ihnen geht, aber ich habe eine Schwäche für Süßigkeiten."

Ich fühlte mich schrecklich und wusste nicht, was ich tun sollte. Ich lächelte, dankte ihm und knabberte an meinem Plätzchen. Dann trank ich einen Schluck Kaffee.

Mir fiel ein, dass es ein Thema gab, das jegliches romantische Interesse, das er an mir hatte, völlig zerschlagen würde.

„Erinnern Sie sich an die vielen Fragen, die ich Ihnen über das Sideboard gestellt habe, das ich an der Nachlassversteigerung Ihres Vaters erstanden habe?" Ich wartete, bis er nickte. „Na ja, ich wollte mehr darüber erfahren, weil sich ein Geist an das Möbelstück geheftet hat, der jetzt bei mir zu Hause herumspukt. Ich wollte herausfinden, wer dieser Geist ist und warum er sich an das Sideboard geheftet hat.

Vielleicht ist es ein Mitglied Ihrer Familie oder ein ehemaliger Besitzer des Stücks."

Er blinzelte. Immerhin rannte er nicht schreiend davon, was ein zweifelhaftes Vergnügen war.

„Ein Geist? Weder meine Mutter noch mein Vater haben jemals etwas von einem Geist in unserem Haus gesagt. Ich kann mich nicht erinnern, jemals einen gesehen oder gespürt zu haben. Aber vielleicht waren wir einfach nicht sensibel genug, um übernatürliche Dinge wahrzunehmen. Oder vielleicht ist es jemand, dem das Stück vor meiner Großmutter und meiner Mutter gehört hat. Wie alt ist es überhaupt?"

„Dieser Stil wurde von 1890 bis 1920 hergestellt", erklärte ich.

„Das Sideboard gehörte meiner Großmutter. Wenn es aus dem neunzehnten Jahrhundert stammt, könnte es vor ihr jemand anderem gehört haben. Oma hat Mitte der zwanziger Jahre geheiratet, aber vielleicht war es nicht mehr neu, als sie es geschenkt bekommen hat."

„Stört es Sie nicht, dass ich Geister sehe?" Es störte mich, dass es ihn nicht störte. Dass Daisy sich nicht darüber wundern würde, hatte ich irgendwie erwartet, aber Matt?

„Nein. Auf dieser Welt gibt es alle möglichen unerklärlichen Dinge. Wenn Sie gesagt hätten, Ihre Nachbarn seien Vampire, hätte ich vielleicht anders reagiert. Aber Geister? Es sehen viele normale, vernünftige Menschen in ihrem Leben ein- oder zweimal einen Geist, das bilden Sie sich bestimmt nicht nur ein."

Vor sechs Monaten hätte ich das bezweifelt. Wenn die Tatsache, dass ich Geister sah, nicht ausreichte, um Matt abzuschrecken, würde es mir bestimmt mit der nächsten Enthüllung gelingen.

„Na ja, da weder Ihre Mutter noch Ihre Großmutter

ermordet wurden, hatte ich das Gefühl, bei meinen Nachforschungen in eine Sackgasse geraten zu sein. Dann hat eine Freundin von mir vorgeschlagen, ein Medium heranzuziehen, um mit dem Geist zu kommunizieren."

Er rannte immer noch nicht schreiend aus dem Café. Stattdessen neigte Matt sich fasziniert vor. „Und was hat das Medium gesagt? War eine Kristallkugel im Spiel? Hat der Tisch gewackelt, als sie den Geist kontaktiert hat?"

Matt hatte eindeutig zu viele alte Geister-Filme gesehen.

„Weder das Eine noch das Andere. Olive ist in einem eleganten Hosenanzug bei mir zu Hause erschienen und hat weder Kerzen noch Räucherstäbchen verwendet. Sie hat den Geist kontaktiert, nur wollte er uns seinen Namen nicht verraten und hat immer wieder dasselbe gesagt."

„Und dieser Geist ist eine Frau?", wollte er wissen.

„Ja. Ich kann zwar nur eine undeutliche, schattenhafte Gestalt sehen, aber ich bin sicher, dass es eine Frau ist. Olive hat gesagt, sie habe riesige Schuldgefühle."

Ja, Matt war fasziniert. Großartig. Ich war weit davon entfernt, ihn abzuschrecken. Ganz im Gegenteil, meine Enthüllung schien sein Interesse an mir noch zu verstärken.

„Was hat sie gesagt? Die Geisterfrau, meine ich."

Ich holte tief Luft. „Sie hat gesagt, sie könne nicht ruhen. Das hat sie immer wieder gesagt."

„Na ja, natürlich kann sie nicht ruhen", kommentierte er. „Sie ist ein Geist."

Ich trank einen großen Schluck Kaffee und wunderte mich darüber, wie surreal es war, dieses Gespräch mit Matt zu führen.

„Außerdem hat sie gesagt, es könne ihr niemand helfen und es sei alles ihre Schuld – sie sei schwach gewesen und es sei ihre Schuld."

„Ich frage mich, was sie getan hat." Matt nippte an

seinem Kaffee und starrte nachdenklich auf den Tisch. Dann richtete er den Blick wieder auf mich. „Vielleicht hat sie ihren Mann betrogen."

Ich fand es seltsam, dass Matt sofort an Untreue dachte. War das der Grund für seine gescheiterten Ehen?

„Oder sie hat Selbstmord begangen", fügte Matt hinzu. „Weder Mama noch Oma haben Selbstmord begangen, aber vielleicht hat eine Vorbesitzerin des Stücks sich das Leben genommen."

Daran hatte ich nicht gedacht.

„Der Geist hat noch etwas anderes gesagt", fuhr ich fort. „Sie hat immer wieder gesagt ‚Möge Gott mir meine Sünden vergeben. Bitte, Gott, vergib mir meine Sünden. Vergib mir meine Sünden'."

Matt sah genauso fassungslos aus, wie ich ausgesehen hatte, als der Geist, den Olive gechannelt hatte, diese Worte sagte.

„Oma?"

„Das dachte ich auch, weil mir einfiel, dass Sie und Ihr Vater gesagt hatten, sie habe dauernd um Vergebung ihrer Sünden gebeten."

„Aber das tun bestimmt viele Leute", entgegnete er. „Wir haben alle Dinge getan, die wir bereuen. Ich kann mir gut vorstellen, dass religiöse Menschen, die sich dem Lebensende nähern, befürchten, aufgrund ihrer Missetaten in die Hölle verbannt zu werden."

Damit hatte er wohl recht. „Die meisten Menschen würden jedoch nicht um Vergebung ihrer Sünden bitten, wenn sie nur bei Rot über die Ampel gefahren sind oder Ladendiebstahl begangen haben. Es müsste schon etwas Schlimmeres gewesen sein."

„Schon möglich. Ich leite eine Therapiegruppe für Veteranen und Rettungsleute. Sogar diejenigen, die nicht an einer posttraumatischen Belastungsstörung leiden, haben Schuldgefühle. Sie fragen sich, ob sie die richtigen Entscheidungen getroffen haben und hinterfragen Dinge, die sie jahrzehntelang getan haben. Wenn man in Sekundenbruchteilen Entscheidungen treffen muss, bei denen es um Leben und Tod geht, kann man nie wirklich akzeptieren, dass es einen anderen Weg gegeben hätte. Dabei spielt es keine Rolle, ob es sich bei der getöteten Person um einen Aufständischen oder einen Zivilisten handelt, der zur falschen Zeit am falschen Ort war, oder um einen Teamkollegen, der noch am Leben sein könnte, wenn man nur eine Sekunde schneller gewesen wäre."

„Aber weder Ihre Mutter noch Ihre Großmutter haben Militärdienst geleistet. Und wenn es der Geist einer Vorbesitzerin ist, hätte auch sie keinen Militärdienst geleistet."

„Grundsätzlich wäre es möglich gewesen. Im Ersten Weltkrieg gab es viele Krankenschwestern, obwohl ich glaube, dass sie meistens in Rehabilitationszentren arbeiteten und nicht an der Front eingesetzt wurden. Vielleicht konnte sie einen oder mehrere ihrer Patienten nicht retten. Vielleicht hat sie eine falsche Entscheidung getroffen oder ein Symptom übersehen und ist nicht darüber hinweggekommen." Er schüttelte den Kopf. „Es hätte viele Gründe haben können."

Wenn ich bestimmen konnte, wer dieser Geist war, würde es einfacher sein, herauszufinden, warum diese Frau nach ihrem Tod immer noch herumspukte. Na ja, nicht wirklich *einfach*, aber ich hätte immerhin einen Ausgangspunkt für meine Nachforschungen.

Matt trank einen weiteren Schluck Kaffee. „Vielleicht hat sie gegen Ende ihres Lebens eine Krankheit gehabt, die ihre geistige Verfassung beeinträchtigte."

„Sie meinen also, die Frau habe ein unbescholtenes

Leben geführt und sich dann aufgrund eines Gehirntumors eingebildet, etwas Schreckliches getan zu haben?"

Er zuckte mit den Schultern. „Meine Großmutter hat sich zwar um ihr Seelenheil gesorgt, aber den Geschichten meiner Mutter nach zu urteilen und aufgrund dessen, was ich über sie weiß, hat sie ein tadelloses, bewundernswertes Leben geführt. Wenn Sie denken, dass sie es ist, muss sie sich eingebildet haben, etwas Schlimmes getan zu haben."

„Sie haben gesagt, sie sei an einem Schlaganfall gestorben. Hatte sie früher eine Krankheit, die sie dazu gebracht haben könnte zu denken, sie habe etwas falsch gemacht?"

„Nein. Soviel ich weiß, war sie sehr gesund. Und sie hat sich immer um ihr Seelenheil gesorgt." Er runzelte die Stirn. „Ich kann mir nicht vorstellen, dass sie etwas Schlimmes getan hat, aber vielleicht hat mein Vater recht. Vielleicht hat sie als Erwachsene mit Dämonen gerungen."

Okay, *jetzt* kam der Teil, der ihn dazu bringen würde, schreiend davonzurennen. „Matt, ich weiß, dass Ihre Großmutter ein tadelloses Leben geführt hat, aber die meisten Leute haben Geheimnisse. Sie und Ihr Vater haben erwähnt, wie sehr Ihre Großmutter Ihre Mutter liebte und schätzte. Halten Sie es für möglich, dass Ihre Mutter die Ursache für ihre Schuldgefühle war? Vielleicht wurde sie als Kind von ihrem Vater missbraucht und Ihre Großmutter ist nicht darüber hinweggekommen, dass sie nicht eingegriffen hat."

Matt lächelte schwach und schüttelte den Kopf. „Wir können meinen Vater fragen, aber ich glaube, Sie sind auf dem Holzweg, Kay."

„Sie haben gesagt, Ihr Großvater sei gestorben, bevor Sie geboren wurden. Da Ihre Großmutter noch am Leben war, wollte Ihre Mutter vielleicht weder Ihrem Vater noch ihrem

Kind etwas davon erzählen. Hatte sie eine beste Freundin? Jemanden, den sie seit ihrer Kindheit kannte?"

Er seufzte. „Mama war sehr eng mit Sarah Hostenfelder befreundet. Sie hat immer gescherzt und gesagt, sie hätten Freundinnen bleiben müssen, weil sie beide Männer mit seltsamen Namen geheiratet hatten."

Hostenfelder und Poffenberger. Und ich kannte jemanden mit dem Namen Hostenfelder – Suzette, die das Haus ihrer Großeltern am Ende unserer Straße geerbt hatte. Sie war Mitte zwanzig, war Sarah möglicherweise ihre Großmutter gewesen? Oder ihre Großtante?

„Wie war Sarahs Mädchenname?"

Matt runzelte einen Moment lang die Stirn. „Pratt? Ja, sie hieß Pratt. Sie wurde im selben Jahr wie meine Mutter geboren und die beiden gingen zusammen zur Schule. Mama war Trauzeugin, als Sarah Josh Hostenfelder geheiratet hat. Sie hat mir die Fotos im Hochzeitsalbum gezeigt. Als Kind habe ich sie immer besucht. Sie wohnte in diesem alten deutschen Bauernhaus am Ende der Birch Street, das mit dem großen Teich."

Sie musste Suzettes Großmutter gewesen sein. Und wenn es so war, war Sarah bereits gestorben. Mir wurde langsam klar, dass dieses Rätsel wohl nie gelöst werden würde, weil zu viel Zeit vergangen war und die Leute, die ihr Geheimnis gekannt haben könnten, nicht mehr lebten.

Aber ich musste noch andere Wege erforschen, bevor ich definitiv das Handtuch warf. Ich war fest davon überzeugt, dass der Geist, der an meinem neuen Sideboard haftete, Mabel Stevens Hansen gehörte. Und ich hoffte, dass ich entweder online oder möglicherweise im Haus meiner Freundin Suzette weitere Hinweise finden würde.

10

Suzettes Augen leuchteten auf, als sie die Tür öffnete und den Lebkuchen sah, den ich in den Händen hielt. Ich hatte ihn eigentlich für das Frühstück mit Daisy am nächsten Morgen gebacken, beschloss jedoch, dass er nicht nur als angemessenes Dankeschön dafür dienen würde, dass Suzette mir ihren Truck geliehen hatte, sondern auch als Bestechungsgeld für Informationen, die ich mir von ihr erhoffte. Ich hatte einen Behälter mit karamellisierten Birnen dabei, die ausgezeichnet zum Lebkuchen passten. Sicherheitshalber hatte ich auch noch frische Schlagsahne zubereitet, bevor ich mich auf den Weg machte.

„Oh, Kay. Wenn du mir solche Leckereien bringst, kannst du dir jederzeit meinen Truck ausleihen. Es spielt keine Rolle, worüber du reden willst, für einen solchen Lebkuchen würde ich sogar Staatsgeheimnisse verraten. Er riecht unglaublich gut."

Ich lächelte und folgte ihr ins Haus. „Kennst du denn irgendwelche Staatsgeheimnisse?" Es war offensichtlich, dass Suzette das alte Blockhaus, das von deutschen Einwanderern vor der Revolution gebaut worden war, renoviert und umgebaut hatte.

„Nein, leider nicht. Aber ich kann dir gerne alles andere verraten, das ich weiß."

„Ich habe ein paar Fragen zu deiner Großmutter, Sarah Pratt Hostenfelder. Vielleicht weißt du nicht viel über sie, aber ich hatte gehofft, dass mir vielleicht jemand anderes in deiner Familie mehr über sie erzählen könnte - dein Vater oder vielleicht eine Tante oder ein Onkel."

Suzette schaltete die Kaffeemaschine ein und nahm zwei Teller und ein paar Gabeln aus den Kastanienholzschränken in der Küche. Sie waren dick gestrichen gewesen, als Suzette eingezogen war. Sie musste die vielen Farbschichten entfernt und die Türen frisch lackiert haben. Sie verwandelte das zweihundertjährige Haus etappenweise in eine moderne Version des ursprünglichen Grundrisses. Kein Wunder, dass ich sie so selten sah. Sie tat nichts anderes, als zu arbeiten und das Haus ihrer Familie zu renovieren. So bereichernd das auch sein musste, ich fand, dass Suzette öfter aus dem Haus gehen sollte. Sie war zwar jung, aber es gab keinen Grund, warum sie nicht zur Happy Hour kommen oder mit mir zu Mittag oder sogar zu Abend essen konnte.

„Als Kind habe ich viel Zeit hier verbracht." Suzette saß mir gegenüber und reichte mir einen Tortenheber. „Meine Eltern hatten kein Geld für Ferienlager oder Kinderbetreuung. Wir kamen kaum über die Runden und sie mussten beide arbeiten. Meine Mutter hat mich auf dem Weg zur Arbeit hier abgesetzt und mein Vater hat mich gegen vier Uhr wieder abgeholt, wenn seine Schicht zu Ende war. Ich habe alle Schulferien und Schneeausfalltage hier verbracht. Manchmal war ich auch hier, wenn ich krank war."

„Und dein Großvater war streng?" Ich erinnerte mich,

dass Daisy gesagt hatte, Mr. Hostenfelder habe sie als Kind immer vom Teich weggescheucht.

Sie nahm mir den Teller ab, den ich ihr hinhielt, und löffelte warme Birnen auf den Lebkuchen. „Hunde, die bellen, beißen nicht. Er hat die ganze Zeit gejammert und im Winter war er so ruppig wie ein Bär, aber er hat mich immer auf seinen Schoß gesetzt und mir Geschichten vorgelesen. Und er hat mir das Fahrradfahren beigebracht. Er und Oma waren zwar sehr gegensätzlich, aber sie haben sich wirklich geliebt. Sie haben sogar in der Öffentlichkeit Händchen gehalten. Er starb, als ich sieben war."

„Und deine Großmutter war mit Eleonore Poffenberger befreundet?"

Suzette lachte. „O Gott, diesen Namen habe ich schon seit Ewigkeiten nicht mehr gehört! Sie war eine Hansen, die Tochter des Kaufhaustypen. Ich war fünfzehn, als sie starb, und ging mit Oma zu ihrer Beerdigung. Sie waren im gleichen Alter und seit Ewigkeiten befreundet. Sie waren sogar Trauzeuginnen an ihren Hochzeiten."

„Und sie kannten sich seit der Grundschule? Das hat mir Matt Poffenberger, Eleonores Sohn, erzählt."

„Sie kannten sich schon vorher. Ihre Mütter waren gut befreundet und sind ebenfalls zusammen aufgewachsen. Ich glaube, Oma und Eleonore haben als Babys auf derselben Decke gelegen, während ihre Mütter zusammen Tee tranken."

Ich war verblüfft. Nicht verblüfft genug, um zu vergessen, Suzette Schlagsahne anzubieten, aber trotzdem verblüfft. „Deine Urgroßmutter war die beste Freundin von Mabel Hansen und ist mit ihr aufgewachsen?"

Sie nickte. „Mabel Stevens, bevor sie sich den größten Fisch im Bezirk geangelt hat."

Mabel war die beste Freundin von Suzettes Urgroßmutter gewesen. Ihre Töchter hatten zusammen gespielt, waren zusammen aufgewachsen und Trauzeuginnen an ihren Hochzeiten gewesen. Aber das hieß noch lange nicht, dass Suzette etwas über ihre Geheimnisse wusste.

„Hat deine Großmutter jemals erwähnt, dass Eleonore oder ihre Mutter ein Geheimnis hatten? Etwas, das Schuldgefühle in ihnen auslöste? Etwas, das sie ihr ganzes Leben lang verfolgte und von dem sie dachten, es sei unverzeihlich?"

Suzette schüttelte den Kopf und verdrehte die Augen, während sie sich eine Gabel voll Lebkuchen in den Mund schob. „Heiliger Strohsack, Kay. Das ist besser als Sex. Ich hatte zwar schon seit zwei Jahren keinen mehr, aber soweit ich mich erinnern kann, war er nicht so gut wie dein Lebkuchen."

Ich wollte meine Backkünste nicht unnötig unter den Scheffel stellen, aber es war offensichtlich, dass Suzette noch nicht den richtigen Mann getroffen hatte.

Sie schluckte, seufzte zufrieden und aß einen weiteren Bissen, dann fuhr sie fort: „Ich habe Evie, meine Urgroßmutter, nicht gekannt, aber Oma hat immer in den höchsten Tönen von ihr gesprochen. Mein Großvater auch. Sie war eine loyale Frau, die sich ihren Freunden und ihrer Familie widmete. Sie hätte alles für die Leute getan, die ihr etwas bedeuteten. Ich erinnere mich, dass Oma gesagt hat, sie habe sich während der Schwangerschaft um ihre Freundin gekümmert, weil Eleonore die letzten beiden Trimester an der frischen Luft auf dem Land verbringen musste. Harlen musste sich um das Kaufhaus kümmern, deshalb nahm Evie Mabel mit zu ihrer Cousine in Pennsylvania, bis Eleonore geboren wurde. Sie blieben dort, bis Eleonore ungefähr drei Monate alt war, um sicherzugehen, dass beide gesund genug waren, um nach Hause zurückzukehren."

Ich runzelte die Stirn und fragte mich, warum Mabel nicht nur aufs Land, sondern in einen anderen Bundesstaat gegangen war. Locust Point war auch heutzutage keine große Stadt, damals musste es noch viel kleiner gewesen sein. Ich konnte mir nicht vorstellen, dass die Luft im Jahr 1926 in Pennsylvania frischer gewesen war als hier.

Vielleicht hatte sie einfach Abstand von Harlen gebraucht. Maurice hatte gesagt, Harlen sei ein kalter, liebloser Vater gewesen. Vermutlich war er auch ein kalter, liebloser Ehemann. Mabel hatte den größten Fisch im Bezirk an Land gezogen und er hatte eine hübsche Vorzeigefrau. Die Schwangerschaft war die perfekte Ausrede, um für eine Weile zu verschwinden. Zumindest so lange, bis sie keine andere Ausrede mehr fand.

„Weißt du sonst noch etwas über sie? Ich frage mich, wie gut Mabels und Harlens Ehe lief und ob es irgendwelche Hinweise darauf gibt, dass Eleonores Vater sie missbraucht haben könnte."

„Über die Ehe von Mabel und Harlen weiß ich nichts, aber wenn Eleonore missbraucht worden wäre, hätte sie es bestimmt meiner Oma erzählt. Sie wussten alles voneinander."

„Hat sie *dir* gegenüber jemals etwas erwähnt?"

„Oma hat nicht getratscht. Sie sprach oft von ihrer Kindheit und von Eleonore, und von ihrer Romanze mit meinem Großvater. Sie hat viele Geschichten erzählt, aber es waren ihre eigenen. Sie hat mir nie etwas von jemand anderem erzählt."

Na ja, das war's dann wohl.

„Ich habe ihre alten Tagebücher. Du kannst sie gerne lesen, aber ehrlich gesagt sind sie nicht besonders aufregend. Die meisten Einträge sind Berichte über Besuche, Veranstaltungen und darüber, wie die Tomaten in diesem

Jahr aussahen. Wie viele Kuchen sie gebacken hat und wann Waschtag war. Solche Dinge."

„Tagebücher? Deine Großmutter hat Tagebücher geführt?"

Suzette kicherte. „Nein. Ihre wären bestimmt interessanter gewesen. Es sind die Tagebücher von meiner Urgroßmutter Evie. Ich habe sie behalten, weil darin beschrieben war, wie das Haus zu Beginn des zwanzigsten Jahrhunderts aussah. Sie hatte die Eltern meines Großvaters ein paar Mal besucht, als sie klein war, und die Einrichtung und die Tapeten beschrieben. Solche Sachen bewahre ich gerne auf. Sie geben mir das Gefühl, meine Urgroßmutter zu kennen, obwohl ich sie nie getroffen habe."

„Dürfte ich sie mir ausleihen?"

Sie nickte. „Natürlich. Bring sie einfach wieder zurück, wenn du fertig bist."

„Moment mal. Wie viele Tagebücher sind es denn?"

„Fünfundzwanzig. Für jedes Jahr eines, seit sie fünfzehn war. Evie starb, als meine Großmutter neunzehn war. Sie war vierzig, als sie starb, sonst würde es wahrscheinlich sechzig oder siebzig geben."

Fünfundzwanzig Tagebücher waren trotzdem nicht schlecht. Ich würde die Suche nach dem Geheimnis auf ein paar Jahre einschränken müssen, aber vielleicht würde es in einem der Tagebücher aufgedeckt werden. Oder auch nicht.

„Können wir uns den Esstisch teilen?“, fragte ich Richter Beck.

Den restlichen Lebkuchen hatte ich bei Suzette gelassen und sie zum Grillfest am Wochenende eingeladen. Dann war ich mit den Tagebüchern ihrer Urgroßmutter unter dem Arm nach Hause gegangen. Das Auto des Richters stand in der Einfahrt und er saß wieder am Esstisch, auf dem Akten und Unterlagen verteilt waren. Als er aufsah, bemerkte ich einen Tintenklecks an seinem Mundwinkel. Er schien auf seinem Stift herumgekaut zu haben. Ich bemerkte noch etwas anderes: Der Richter trug eine Lesebrille.

Eine Lesebrille, die er hastig abnahm, als er mich sah.

„Wegen mir müssen Sie sie nicht abnehmen“, sagte ich und stellte meinen Laptop und meinen Notizblock auf den Tisch. „Bis zu meiner Kataraktoperation hatte ich auch eine. Das ist der Vorteil neuer Linsen, ich habe wieder hundertprozentige Sehkraft.“

Er hielt die Brille hoch und verzog das Gesicht. „Ich bin zu jung dafür. Normalerweise trage ich sie nicht, aber wenn ich viel lese, werden meine Augen müde und ich bekomme Kopfschmerzen."

Zu jung dafür. Irgendjemand musste dem Richter mitteilen, dass die meisten Leute über vierzig Lesebrillen brauchten.

„Oh, Sie sind doch nur eitel. Tragen Sie sie, wenn Sie sie brauchen. Das geht vielen Leuten so. Außerdem steht sie Ihnen gut."

Ich weiß nicht, warum ich den letzten Satz anfügte, aber Männer waren *tatsächlich* eitel. Sie fürchteten sich genauso sehr vor dem Älterwerden wie Frauen. Und sie stand ihm *tatsächlich* gut. Natürlich sah Richter Beck auch ohne Brille gut aus, aber sie ließ ihn wie einen strengen Akademiker aussehen, ein Look, der mich schon immer angesprochen hatte. Eli hatte trotz seines spielerischen Sinns für Humor auch so ausgesehen, vor allem, wenn er Akten der Patienten durchsah oder eine knifflige Operation mit ihnen besprach.

„Danke." Er zog sie widerwillig wieder an und griff nach einer Akte. „Woran arbeiten Sie?"

Ich stelle Nachforschungen über den Geist an, der über Ihrer linken Schulter schwebt.

„Ich stöbere in der Vergangenheit herum. In der von Mabel Stevens Hansen, der mein neu erstandenes Sideboard gehört hat, bevor sie es ihrer Tochter Eleonore Hansen Poffenberger zur Hochzeit schenkte."

Der Richter blinzelte. „Hansen ... wie Harlen Hansen, dem das Kaufhaus gehört hat?"

„Genau der. Wissen Sie etwas über ihn oder seine Familie?"

„Nein. Ich weiß nur, dass er reich, angesehen und der Besitzer eines erfolgreichen Kaufhauses war. Ich bin kein Einheimischer, Kay. Ich bin vor fünfundzwanzig Jahren nach Milford gezogen und wir sind erst nach der Geburt von Madison nach Locust Point gekommen. Ich weiß, dass Hansen viel Geld an die örtliche Polizei gespendet hat. Und drüben im Gerichtsgebäude hängt eine Gedenktafel mit seinem Namen. Ich glaube, er war ziemlich eng mit einem der Richter befreundet."

„Woher wissen Sie das alles?" Ich legte den Stapel Tagebücher auf den Stuhl neben mir und dachte darüber nach, wie interessant es wäre, die Tagebücher eines Richters aus den zwanziger Jahren in die Finger zu bekommen.

„Im Gerichtsgebäude gibt es einen Korridor, in dem Bilder aller ehemaligen Richter, Fotos von der Einweihung des neuen Gerichtsgebäudes und Zeichnungen vom alten Gerichtsgebäude hängen. Auf einem der Fotos sind Richter Rickers und Harlen Hansen zu sehen, die sich die Hände schütteln. Irgendwie sehen sie nicht so aus, als hätten sie für ein offizielles Foto posiert. Sie sehen eher wie alte Freunde aus."

Das überraschte mich nicht. Harlen war ein wohlhabender Geschäftsmann gewesen und Locust Point war eine kleine Stadt. Und wenn heutzutage jeder jeden kannte, war es damals wahrscheinlich nicht viel anders gewesen. So wie mein Chef mit unserem ehemaligen Bürgermeister befreundet gewesen war, waren vermutlich damals die Richter mit Harlen Hansen befreundet gewesen.

Natürlich hatte J.T. nicht gewusst, dass der Bürgermeister, sein Kumpel, ein Mörder war. Wenn Harlen seine Tochter missbraucht hatte, hatte sein Richterfreund vermutlich auch nicht gewusst, was sich im Hause Hansen alles abspielte.

Ich wollte Richter Beck nichts von den Geistern sagen, aber ich hatte festgestellt, dass er ein gutes Gespür für Leute und ihre Beweggründe hatte. Ich brauchte eine neue Perspektive – ich musste mit jemandem reden, der weder mit Eleonore noch mit Mabel oder ihren Freunden verwandt war. Er schien trotz der vielen Akten auf dem Tisch bereit für eine kleine Pause zu sein. Ich hoffte, dass er mir zu einem Aha-Moment verhelfen würde, der Aufschluss darüber gab, warum dieser Geist in meinem Haus herumspukte.

„Mabel Stevens Hansen, Harlens Frau, hat wegen irgendetwas, das sie getan hat, enorme Schuldgefühle gehabt. Sie hat ihre Tochter sehr geliebt, aber ich habe gehört, Harlen habe sich seiner Frau und seiner Tochter gegenüber sehr kalt und distanziert verhalten. Ich frage mich, ob er vielleicht seine Tochter missbraucht hat und Mabel sich nie verzieh, dass sie nichts dagegen unternahm. Vielleicht hat ihre Freundin etwas davon in ihren Tagebüchern erwähnt, aber mich interessiert, was Sie von dieser Theorie halten. Würde so etwas Schuldgefühle hervorrufen, die so stark sind, dass sie jemanden für den Rest seines Lebens verfolgen?“

Richter Beck warf mir einen seltsamen Blick zu. „Ich sehe viele Fälle, in denen es um häusliche Gewalt geht, und meistens ist es so, dass die Frauen erst dann Anzeige erstatten und ihren gewalttätigen Partner verlassen, wenn er den Kindern etwas antut. Es gibt Fälle, in denen Frauen sich so gefangen fühlen, dass sie bleiben und sich manchmal sogar einreden, das Kind sei an allem schuld oder würde sich alles nur einbilden. Aber in solchen Fällen gibt es normalerweise viel Feindseligkeit zwischen dem Kind und den Eltern. Wenn Mabel ihrer Tochter nahestand und sie liebte, kann ich mir nicht vorstellen, dass sie Schuldgefühle hatte, weil sie nichts gegen einen Missbrauch unternommen hat.“

„Vielleicht hat sie erfolgreich interveniert und Harlen verhielt sich deshalb so distanziert. Und Mabel bedauerte, dass es überhaupt passiert war. Eleonore liebte ihre Mutter, weil sie wusste, dass sie sie vor ihrem älteren, mächtigen Ehemann beschützte." Das war zwar ziemlich weit hergeholt, aber mein Bauchgefühl sagte mir, dass Mabels Pein etwas mit Eleonore zu tun hatte.

„Damals hätte Harlen viel Macht in der Ehe gehabt. Mabel hätte nicht viel tun können, außer ihn zu verlassen, und *das* wäre ein riesiger Skandal gewesen. Sie ist entweder gegangen - oder sie ist geblieben und hat es unter den Teppich gekehrt. Oder es gab keinen Missbrauch."

„Aber er war nicht liebevoll", argumentierte ich. „Er hat kaum mit ihnen gesprochen. Außer beim Abendessen verbrachte er kaum Zeit mit ihnen."

„Manche Männer zeigen ihre Gefühle nicht, Kay. Und damals galt die lächerliche soziale Norm, dass Männer stark sein und die Familie ernähren müssen, während Frauen sich um Haus und Herd kümmern." Er verzog das Gesicht. „Das habe ich selbst erlebt. Ich war fast nie zu Hause und musste viel arbeiten, um mir eine stabile Karriere aufzubauen und für unsere Familie zu sorgen. Heather war Hausfrau und hat dafür gesorgt, dass hinter den Kulissen alles reibungslos lief. Ich bin sicher, dass ich die meiste Zeit distanziert und unbeteiligt wirkte, weil ich es war. Es gelang mir kaum, mit allem Schritt zu halten, was in der Anwaltskanzlei und im Gerichtsgebäude vor sich ging, geschweige denn, mich daran zu erinnern, welche Sporttrainings an welchen Abenden stattfanden, und ob die Kinder am nächsten Tag eine Matheprüfung oder ein wissenschaftliches Projekt hatten."

„Sie verhalten sich Madison und Henry gegenüber weder kalt noch distanziert", protestierte ich. „Vielleicht haben Sie früher nicht immer alles gewusst und die Zeitpläne und Aktivitäten der Kinder durcheinandergebracht, aber Sie haben Ihnen bestimmt Ihre Zuneigung gezeigt."

„Ein Gute-Nacht-Kuss, wenn sie bereits schlafen, reicht nicht aus – weder für das Kind noch für den Elternteil. Ich hasste es." Seine Stimme wurde schroff. „Ich beneidete Heather darum, dass sie die besonderen Momente im Leben unserer Kinder miterlebte, ihre aufgeschürften Knie verarzten durfte und wusste, wie sie sie bestechen musste, wenn sie ihre Karotten nicht aufessen wollten. Meine stille Verachtung brachte mich dazu, mich noch mehr zurückzuziehen. Ich stürzte mich in die Arbeit, obwohl mir unsere Abmachung nicht passte, aber ich wusste nicht, was ich tun sollte, um es zu ändern. Ich habe die Kindheit meiner Kinder verpasst und werde es nie wiedergutmachen können."

Wie kam es, dass wir plötzlich von Richter Becks Privatleben anstatt von Harlen Hansen sprachen? Es war das erste Mal, dass er mir von den Einzelheiten seiner zerrütteten Ehe erzählte. Ich wusste, wie verschlossen er war, und freute mich darüber, dass er mir diese Dinge anvertraute, obwohl wir vom Thema abschweiften.

„Mein Vater war Polizist. Ich kann mich gut an seine Gute-Nacht-Küsse mitten in der Nacht erinnern. Und egal, wie sehr die Erwachsenen versuchten, es zu ignorieren, tief drin wusste ich immer, dass die Gefahr bestand, dass er eines Tages überhaupt nicht von der Arbeit zurückkommen würde. Meine Mutter war diejenige, die an den Elternabenden teilnahm, Plätzchen für die Schulfeste backte und mit mir im Park spazieren ging, aber ich vergötterte meinen Vater und wusste, dass er mich liebte, auch wenn er nicht oft zu Hause war."

Richter Beck nahm die Lesebrille ab und rieb sich das Gesicht. „Ich weiß, dass meine Kinder es verstanden, genauso wie Sie früher, aber das heißt noch lange nicht, dass es *mir* gefiel. Ich gab Heather die Schuld dafür und irgendwie tue ich das immer noch. Ich arbeitete bis spät abends und wenn ich nach Haus kam, telefonierte sie mit ihren Freundinnen, machte Pläne für Spieltage im Country Club und organisierte Babysitter, damit sie sich mit ihnen zum Mittagessen treffen konnte. Nach einer Weile kam ich mir nur noch wie ein Goldesel vor. Als würde meine einzige Aufgabe als Familienvater darin bestehen, Geld nach Hause zu bringen. Als wir geheiratet hatten, schien es das Richtige zu sein. Ich verdiente mehr als sie. Meine Karriere hatte mehr Potenzial als ihre. Sie wollte zu Hause bei den Kindern bleiben, damals kam das für einen Mann überhaupt nicht in Frage. Aber mit der Zeit hatte ich das Gefühl, den Kürzeren gezogen zu haben."

„Ja, aber jetzt ist alles anders", sagte ich leise und widerstand dem Drang, seine Hand zu drücken. „Es ist bestimmt anstrengend, Beruf und elterliche Pflichten unter einen Hut zu bringen, aber nun können Sie endlich Zeit mit Ihren Kindern verbringen. Sie haben die Dynamik geändert."

Er verzog das Gesicht. „Heather hat die Dynamik geändert. Ich versuchte, weniger zu arbeiten und mir Zeit zu nehmen, zu den Spielen der Kinder zu gehen und am Wochenende etwas mit der Familie zu unternehmen, anstatt mich in meinem Büro zu verbarrikadieren, aber je mehr Zeit ich zu Hause verbrachte, desto öfter stritten wir uns. Dann kam plötzlich die Scheidungsklage. Aus heiterem Himmel."

Oh, wie leid er mir tat. Egal, wie viel Feindseligkeit zwischen ihm und Heather herrschte, es war klar, dass er seine Frau immer noch liebte und dass sie auch immer noch etwas für ihn empfand. War es einfach die Sehnsucht, die Erinnerungen an das, was sie zuvor gehabt hatten? War das Feuer ihrer Liebe endgültig erloschen oder bestand die Hoffnung, dass es wieder aufflackern würde?

„Vielleicht hat Mabel Harlen betrogen", sagte Richter Beck. Er klang bitter. „Glauben Sie mir, so etwas ist für einen Mann nur schwer zu ertragen. Und damals wäre eine Scheidung demütigend gewesen. Für einen erfolgreichen, bekannten Mann wie Harlen Hansen wäre es ziemlich hart gewesen, wenn ans Licht gekommen wäre, dass seine Frau ihn betrogen hat."

Ich verzog das Gesicht. Dann fragte ich ihn etwas, das mich absolut nichts anging.

„Hat Heather Sie betrogen? Ich habe gehört, dass von einem Tyler die Rede war."

Er zögerte einen Moment, dann seufzte er. „Ich habe einen Privatdetektiv auf sie angesetzt. Heutzutage hat Untreue in unverschuldeten Scheidungsverfahren keine große Bedeutung mehr, aber ich dachte, es könnte nützlich für die Sorgerechtsregelung sein. Er konnte keinen Beweis dafür finden, dass sie mit Tyler schlief, bevor sie die Scheidung einreichte, aber es war klar, dass ihre Beziehung nicht aus dem Nichts kam. Tyler hat einen Sohn in Henrys Alter und ist alleinerziehend. Sie haben sich an Schulveranstaltungen und Versammlungen von Spendenkomitees getroffen. Sie fühlten sich zueinander hingezogen. Ich kann nicht beweisen, dass sie mich körperlich betrogen hat, aber emotional bestimmt."

Und das tat genauso weh. Er gab zu, dass er distanziert und unbeteiligt gewesen war. Tyler hatte offensichtlich seinen Platz eingenommen. Diese Rollenverteilung war jedoch Teil der Abmachung mit Heather gewesen. Hatte sie sich über diese Rollenverteilung beklagt, bevor Tyler auftauchte? Jetzt, wo Richter Beck beschlossen hatte, die

Dinge zu ändern, würde es ihm vielleicht gelingen, ihre Beziehung zu retten.

Er schüttelte den Kopf. „Sie war genauso misstrauisch wie ich. Ich fand heraus, dass sie ein Jahr, bevor sie die Scheidung beantragte, jemanden angeheuert hatte, der mich beschattete und überprüfte, ob ich tatsächlich bis spät in die Nacht arbeitete oder mit einer Frau in einem Hotel verschwand. Das hat sie mir schon viel früher vorgeworfen, aber mittlerweile frage ich mich, ob es einfach Wunschdenken ihrerseits war – vielleicht hoffte sie, einen Grund für die Scheidung zu finden, ohne als Übeltäterin entpuppt zu werden."

„Haben Sie sie jemals betrogen?" Es war fair, ihn das zu fragen.

„Nein. Ich bin ein paar Mal in Versuchung geraten. Wenn man bis spät abends arbeitet und sich von seiner Familie entfremdet hat, ist es schwierig, sich nicht zu jemandem hingezogen zu fühlen, der die Leidenschaft für den Beruf teilt und von dem man glaubt, dass er einen wirklich versteht. Aber ich wusste, dass sich nur ein Feigling einer solchen Illusion hingeben würde. Vor einem Jahr wäre es beinahe dazu gekommen und ich beschloss, meine Prioritäten und meinen Arbeitsplan zu überdenken. Anstatt verbittert über die Rollenverteilung in unserer Ehe zu sein, wollte ich die Dinge ändern und dafür sorgen, dass wir beide mit unseren Aufgaben zufrieden waren. Nur war es leider zu spät dafür."

„Das tut mir leid", sagte ich.

Er zuckte mit den Schultern, setzte die Brille wieder auf und zog eine Akte vor sich hin. „Es tut weh. Aber ich bin nicht der Erste, der eine schmerzhafte Scheidung durchmacht, und bestimmt auch nicht der Letzte. Ich will einfach nicht, dass Madison und Henry unnötig darunter leiden."

Er hatte versucht, die Dinge zu ändern. Vielleicht konnte er seine Ehe nicht mehr retten, aber es war nicht zu spät, ein aktiver und engagierter Vater für seine Kinder zu sein. Und dafür bewunderte ich Richter Beck.

Ich beobachtete ihn einen Moment lang, dann wanderten meine Gedanken wieder zu dem Geist, der abseits in der Ecke des Zimmers schwebte. Wenn Mabel Harlen betrogen hatte, war es vermutlich nach der Geburt von Eleonore passiert. Harlen schien nicht der Typ Mann gewesen zu sein, der so etwas verziehen hätte.

Hatten der Richter und Matt recht? Hatte die junge, hübsche Mabel ihrem Mann Hörner aufgesetzt? Flehte sie Gott deshalb um Vergebung ihrer Sünden an? Ich blickte den Geist an und wünschte, ich könnte ihn besser sehen. Ich wünschte, Mabel würde mit mir sprechen und mir sagen, warum sie so lange nach ihrem Tod immer noch hier war. Aber irgendetwas stimmte mit meiner Theorie nicht. Harlen hätte Mabel vermutlich nicht verziehen, wenn sie eine Affäre gehabt hatte, aber er hätte seine Wut nicht an Eleonore, seinem einzigen Kind, ausgelassen. Außerdem war Mabel kurz nach der Hochzeit schwanger geworden, zu diesem Zeitpunkt hatte sie vermutlich keine Affäre gehabt.

Ich hoffte, dass Evies Tagebücher Aufschluss darüber geben würden, was passiert war. Ich betrachtete den ausgeblichenen Stapel auf dem Esszimmerstuhl und griff nach dem ersten Tagebuch. Es war aus dem Jahr 1920 und in eleganter Zierschrift verfasst. Damals war Evie fünfzehn und Mabel dreizehn gewesen.

Eine Stunde später hätte ich das Tagebuch am liebsten aus dem Fenster geworfen. Evies verschnörkelte Handschrift zu lesen war schwierig genug, dazu kam, dass sie oft Initialen verwendete und die unwichtigsten und langweiligsten Ereignisse dokumentierte. Ich erfuhr, dass sie sich auf ihren sechzehnten Geburtstag freute und dass MS auch eingeladen war, obwohl Evie befürchtete, dass HP, dessen große Gestalt und freundlichen Augen ihr sehr gefielen, ein Auge auf MS werfen könnte. Ich klappte das Tagebuch des Jahres 1920 zu und entschied, dass ich viel zu viel über Evies Menstruationszyklen wusste, die sie mit kleinen Kreisen markiert hatte, und über ihre unermüdlichen Versuche, ihre Eltern dazu zu bringen, ihr zu erlauben, ihre Zöpfe abzuschneiden. Am Ende des Jahres war Evie sechzehn und Mabel vierzehn, und Evies Haar war immer noch zu Zöpfen geflochten, „so wie es die alten Damen tragen".

Ich übersprang die nächsten vier Jahre, weil ich annahm, dass Mabels Leben erst ein paar Jahre später interessant wurde. Im nächsten Tagebuch war Evie neunzehn und Mabel siebzehn. Evie hatte endlich den Haarschnitt bekommen, den sie sich so sehr gewünscht hatte, beklagte sich jedoch darüber, dass ihr dickes, widerspenstiges Haar nicht mehr so leicht zu bändigen war. Sie bewunderte MS' glänzende schwarze Locken, die ihr hübsches Gesicht perfekt umrahmten, und war froh, dass ihre Freundin nicht die Art von Mädchen war, die HP schöne Augen machte – im Gegensatz zu ihrer Schwester LS.

Richtig. Mabel hatte eine Zwillingsschwester, die genauso hübsch war wie sie und ungefähr zum Zeitpunkt ihrer Hochzeit von der Bildfläche verschwand. Ich war davon ausgegangen, dass Lucille unter ihrem Stand geheiratet hatte und Harlen den Schwestern nicht erlaubte, in Kontakt zu bleiben, aber vielleicht lag ich mit dieser Annahme falsch. Matt hatte nichts von seiner Großtante Lucille gewusst. Vielleicht war sie jung gestorben und deshalb nie erwähnt worden. Ich nahm mir vor, die Todesanzeigen durchzusehen, verzog jedoch das Gesicht beim

Gedanken daran, dass ich mich vielleicht durch ganze zwanzig Jahre würde kämpfen müssen.

Im Jahr 1924, als Evie sich zunehmend in HP verliebte - womit vermutlich ihr zukünftiger Mann Howard Pratt gemeint war -, lebte Lucille noch. Lucille war genauso hübsch wie Mabel, gemäß Evie jedoch aufreizender. Ich begann, auf künftige Einträge über LS zu achten und stellte fest, dass es nicht viele gab. Neigten Zwillinge nicht dazu, dauernd zusammen zu sein? Hatten sie nicht denselben Freundeskreis? Solche Dinge wusste ich nicht, da ich als Einzelkind aufgewachsen war, aber ich nahm an, dass Schwestern sich in denselben sozialen Kreisen bewegten.

Als ich zum Ende des Jahres 1924 kam, war klar, dass Evie Mabel sehr nahestand, Lucille jedoch nicht ausstehen konnte. Sie beschrieb sie zwischen den Zeilen als aufreizendes, wildes, unzüchtiges Mädchen.

Ich mochte vielleicht keine Schwester haben, aber ich war eine Frau und wusste, wie Mädchen sein konnten, deshalb nahm ich es nicht allzu ernst. Es war klar, dass Evie sich selbst nicht besonders attraktiv fand. Mabel war zwar hübsch, stellte jedoch keine Bedrohung für sie dar, weil sie freundlich, ruhig und eher schüchtern war. Den Einträgen im Tagebuch des Jahres 1925 nach zu schließen war Lucille alles andere als schüchtern. Sie schlich sich zu Partys, bei denen Alkohol getrunken und getanzt wurde, rauchte Zigaretten, verkehrte mit Schwarzen und kam oft spät oder überhaupt nicht nach Hause. MS machte sich Sorgen um die Sicherheit und den Ruf ihrer Schwester und Evie befürchtete, Lucilles wilde Art würde ein schlechtes Licht auf ihre Freundin werfen.

Aber das war nur eine Seite der Geschichte. Suzette hatte Evie und ihre Tochter Sarah als äußerst loyal beschrieben. Vielleicht machte Evie Mabel zu der Heiligen, die sie selbst nicht war, und tat ihrer Schwester unrecht mit der düsteren Vision, die sie von ihr hatte. Ich war ziemlich sicher, dass Eifersucht im Spiel war. Mabel war ihre schüchterne Freundin, die Evie nicht in die Quere kam, wenn sie den Jungs den Kopf verdrehen und ihre Aufmerksamkeit auf sich ziehen wollte. Vielleicht hatte Howard sich früher für Lucille interessiert. Ich hatte mehr als einmal gesehen, wie sehr Eifersucht das Urteilsvermögen einer Person beeinträchtigen konnte.

Ich blätterte um, las weiter und schnappte nach Luft. Evies Tagebucheinträge waren normalerweise sorgfältig formuliert und kodiert, weil sie kein verabscheuungswürdiges Klatschmaul sein wollte. Sie musste verärgert gewesen sein, als sie diesen Eintrag schrieb; ausnahmsweise nahm sie kein Blatt vor den Mund.

„Und? Haben Sie etwas gefunden?", fragte Richter Beck. Er hatte mich gelegentlich beäugt, während wir vor uns hin arbeiteten. Er war eindeutig neugierig und wollte wissen, was ich gelesen hatte.

„Lucille, Mabels Zwillingsschwester. Sie wurde vom Polizeichef in einer kompromittierenden Situation mit einem verheirateten Mann erwischt. Er hat es ihrem Vater erzählt und er hat sie rausgeworfen. Ihr Vater hat sie mit einer Tasche Kleider auf die Straße gesetzt und gesagt, sie solle nie wieder nach Hause kommen und nie wieder mit ihm sprechen."

Der Richter verzog das Gesicht. „Ziemlich unbarmherzig."

Das war es tatsächlich, aber er hatte sich vermutlich schon lange über Lucilles Verhalten geärgert und diese Geschichte war der Tropfen, der das Fass zum Überlaufen brachte. Den Tagebüchern nach zu schließen hatte er viel zu verlieren gehabt. Mabel erwartete Harlens Heiratsantrag und der Skandal mit ihrer Schwester hätte diese Allianz möglicherweise gefährdet.

Deshalb seine eigene Tochter auf die Straße zu setzen schien trotzdem etwas übertrieben. „Ich dachte, die Leute hätten ihre Töchter zu Verwandten ins Ausland geschickt, wenn so etwas passierte, anstatt sie auf die Straße zu setzen."

Mir dämmerte langsam, was mit Lucille passiert war. Das musste der Grund sein, warum sie aus Mabels Leben verschwunden war. War sie mit ihrem verheirateten Geliebten durchgebrannt, um irgendwo in Sünde zu leben, und von ihrer Familie verstoßen worden? War das die Schuld, die Mabel mit sich herumtrug? Bereute sie nach all den Jahren immer noch, dass sie den Kontakt mit ihrer Schwester abgebrochen hatte? War Lucille gestorben, bevor sie sich versöhnen konnten, und Mabel bereute, dass sie ihr kein Friedensangebot gemacht hatte?

Was der Geist gesagt hatte, hatte jedoch so geklungen, als ginge es um etwas, das *Mabel* getan hatte. Es war verständlich, wenn sie bereute, sich nicht mit ihrer Schwester versöhnt zu haben, bevor sie starb, aber hätte sie sich deshalb jahrzehntelang an ein Möbelstück geheftet? Schließlich war nicht sie diejenige gewesen, die Lucille aus dem Haus verbannte. Sie hatte ihre wilde Schwester nicht in die Arme eines verheirateten Mannes getrieben.

„Sagten Sie, es sei ungefähr 1920 passiert? Damals war sexuelle Freizügigkeit ein Brandmal, aber da sich die sozialen Normen zu dieser Zeit änderten, hatte sie vielleicht Freunde, die sie aufgenommen haben", kommentierte der Richter mit gerunzelter Stirn.

Ich machte eine weitere Notiz. Ich musste herausfinden, wann Lucille gestorben war - was schwierig sein würde, wenn sie den Bezirk verlassen hatte - und nachsehen, ob es irgendwelche Hinweise darüber gab, bei wem sie untergekommen sein könnte.

„Denken Sie, dass irgendwo im Register festgehalten worden wäre, wenn dieser verheiratete Mann seine Frau für Lucille verlassen hätte?", fragte ich den Richter. „Ich weiß, dass viele Unterlagen verlorengingen, als das alte Gerichtsgebäude abbrannte. Denken Sie, so etwas hätte in der Zeitung gestanden?"

„Das Gerichtsgebäude ist vorher abgebrannt und die meisten Unterlagen wurden aus Platzgründen in einem anderen Gebäude aufbewahrt. So etwas wäre im Register festgehalten worden und ein solcher Skandal hätte es bestimmt auch in die Zeitungen geschafft, es sei denn, ihre Familie hatte genug Geld, um die Geschichte zu unterdrücken. Seine Frau hätte bestimmt die Trennung beantragt, auch wenn es seitens des Mannes keinen Scheidungsantrag gab."

Ich machte eine weitere Notiz. „Sind diese Aufzeichnungen online?"

„Diese nicht. In den siebziger und achtziger Jahren wurden alle Dokumente auf Mikrofilm aufgenommen, nur diejenigen der letzten zwanzig Jahre sind in elektronischer Form vorhanden. Sie sind in Milford archiviert. Es wird eine Weile dauern, sie zu finden, es sei denn, Sie wissen genau, wonach Sie suchen oder haben Namen." Er schüttelte den Kopf. „Ich würde mir die Zeitungsarchive ansehen, das ist einfacher. Sie sind alle elektronisch und können online abgefragt werden. Die ‚Milford County Historical Society' hat im Rahmen ihres Erhaltungsprojektes Spendenaktionen durchgeführt, mit deren Erlös das Ganze finanziert wurde."

Ich verzog das Gesicht. „Mabel hat ungefähr zu diesem Zeitpunkt Harlen Hansens Heiratsantrag erwartet. Ich weiß, dass ihre Familie nicht unbedingt wohlhabend war, aber es ist möglich, dass die ganze Geschichte nie ans Licht gekommen ist."

„Nicht unbedingt. Wenn Gerüchte kursiert wären, hätten sie nicht viel dagegen tun können. Sie hätten die Leute und die Klatschkolumnisten nicht so einfach zum Schweigen bringen können. Wenn Harlen Hansen betrunken gegen einen Ampelmast gefahren wäre, hätte sich das vielleicht vertuschen lassen. Aber dass die Schwester von Harlen Hansens zukünftiger Verlobter vom Polizeichef auf frischer Tat mit einem verheirateten Mann erwischt worden war, wäre ein gefundenes Fressen gewesen."

Er hatte recht. Die Zeitungen hätten sich darüber gefreut, wenn Harlen mit Mabel Schluss gemacht und wieder der begehrteste Junggeselle des Bezirks geworden wäre. Aber er hatte nicht mit ihr Schluss gemacht. Hatte er Mabel trotz allem wirklich geliebt? Hatte er sie so sehr geliebt, dass er ignoriert hatte, dass ihre wilde Zwillingsschwester mit ihrem Geliebten durchgebrannt war?

Ich war nicht besonders müde, aber es war spät und morgen früh würde Daisy zum Yoga vorbeikommen und danach musste ich zur Arbeit. Ich schob ein Lesezeichen in das Tagebuch und hoffte, dass Evie dokumentiert hatte, was mit Mabels Zwillingsschwester passiert war. Dann wünschte ich Richter Beck eine gute Nacht und ging nach oben. Ich lag hellwach im Bett und dachte über das Drama nach, das sich vor fast hundert Jahren abgespielt hatte.

Am Rand meines Blickfeldes erschien ein Schatten, der sich auf den Polstersessel setzte. Er war ein willkommener Besucher in meinem Schlafzimmer.

„Was denkst du, Eli?", fragte ich den Geist. „Habe ich mich geirrt? Vielleicht haben Mabels Schuldgefühle nichts mit ihrer Tochter oder Harlen zu tun. Vielleicht geht es um ihre Schwester." Ich dachte wieder an Lucille. Sie war verstoßen worden. Was hätte sie getan, wenn ihr Geliebter sie verlassen hätte, nachdem sie mit ihm durchgebrannt war? Ende 1925 hatten Frauen ohne familiäre Verbindungen, die auf die Straße gesetzt worden waren, weil sie sich mit einem verheirateten Mann eingelassen hatten, nicht viele Optionen. War sie zurückgekommen und hatte Mabel um Hilfe gebeten? Hatte ihre Schwester sie abgewiesen - oder war dazu gezwungen worden, sie abzuweisen -, was einen Keil zwischen Mabel und ihren Mann getrieben und ihre Schuldgefühle verursacht hatte? Wenn Lucille nichts anderes übriggeblieben war, als sich zu prostituierten, um über die Runden zu kommen, und deshalb vielleicht sogar früh gestorben war, wäre das nicht Grund genug für Mabel gewesen, Gott um Vergebung ihrer Sünden zu bitten?

Zweifellos. Aber zuerst musste ich herausfinden, was mit Lucille passiert war.

12

„Es macht mich so wütend, dass die junge Frau von ihrem Vater rausgeschmissen wurde", meckerte Daisy. „Ich könnte den ganzen Tag Sonnengrüße machen und wäre immer noch wütend. Wie kann sich jemand, der so etwas tut, als Vater bezeichnen? Und wo war die Mutter des Mädchens? Sie hätte ihrem Mann eins mit der Bratpfanne überziehen sollen."

„Sie starb, als die Mädchen ungefähr fünf waren. Ich will ihn ja nicht in Schutz nehmen, aber es hört sich so an, als wäre Lucille ein wilder Teenager gewesen. Als sie achtzehn war, hat sie sich aus dem Haus geschlichen, Alkohol getrunken, Zigaretten geraucht und offensichtlich mit einem verheirateten Mann rumgemacht. Damals gab es keine Militärschule für Mädchen, auf die sie sie hätten schicken können, außerdem war sie volljährig. Wir wissen nicht, ob er sie einfach rausgeworfen oder sie immer wieder gewarnt hat, bis er es schließlich tat. Alles, was wir haben, ist Evies Tagebucheintrag."

„Und Evie konnte Lucille nicht ausstehen." Daisy funkelte mich an, als wäre ich diejenige, die die junge Frau auf die Straße gesetzt hatte. „Was ist, wenn dieser Kerl sie vergewaltigt hat und ihr niemand glaubte? Vielleicht hat er sie unter Drogen gesetzt oder ihr Alkohol eingeflößt. Eigentlich hätte er mit einem Bündel in der Hand auf der Straße stehen sollen, schließlich war er derjenige, der sein Ehegelübde brach, nicht Lucille."

„Ich weiß, ich weiß", versicherte ich ihr. „Ich finde es auch unfair, aber es ist vor mehr als neunzig Jahren passiert, Daisy. Wir können nichts mehr daran ändern. Damals gab es keine Frauenhäuser oder andere Zufluchtsorte, an die sie sich hätte wenden können."

„Es gibt auch heutzutage nicht annähernd genug Frauenhäuser", grummelte sie.

Daisy arbeitete mit jungen gefährdeten Mädchen und musste sich wahrscheinlich täglich mit Vergewaltigungsopfern, Obdachlosigkeit und ungerechtfertigten Schuldzuweisungen auseinandersetzen. Nun wollte ich erst recht herausfinden, was mit Lucille passiert war.

„Und warum hat ihre Schwester sich nicht für sie eingesetzt?", klagte Daisy. „Wenn mein Vater meine Zwillingsschwester rausgeworfen hätte, wäre ich zu diesem reichen einflussreichen Typen gegangen, der angeblich kurz davor stand, mir einen Heiratsantrag zu machen, und hätte ihn gebeten, dafür zu sorgen, dass meine Schwester irgendwo unterkommt und nicht verhungern muss."

Daran hatte ich nicht gedacht. Evie hatte Mabel als freundlich, schüchtern und zurückhaltend beschrieben. Maurice hatte sie als streng und unbeugsam beschrieben. Wie war sie in Wirklichkeit gewesen? Hatte sich die Frau im Laufe ihres Lebens so sehr verändert? Vielleicht war Mabel zu Harlen gegangen und hatte versprochen, ihn zu heiraten, wenn er ihrer Schwester half, obwohl Mabel - wie Evie in ihren Tagebüchern angedeutet hatte -, ihn ohnehin geheiratet hätte.

„Ich werde herausfinden, was passiert ist", sagte ich zu Daisy. „Ich sage Bescheid, wenn es Neuigkeiten gibt. Hoffen wir bis dahin einfach, dass Mabel ihr jeden Monat einen Scheck geschickt hat, um ihr zu helfen, und der verheiratete Mann seine Frau verlassen hat, er mit Lucille durchgebrannt ist und dass die beiden glücklich und zufrieden in Sünde gelebt haben."

„Das hoffe ich", sagte Daisy und rollte ihre Matte zusammen. „Ich hoffe, dass Lucille bis ans Ende ihrer Tage ein glückliches Leben geführt hat und sich nicht prostituieren musste, um über die Runden zu kommen."

Das hoffte ich auch, aber dieser Geist in meinem Esszimmer ließ mich vermuten, dass das nicht der Fall gewesen war.

J.T. HATTE MICH BEAUFTRAGT, Nachforschungen über ein paar potenzielle Kautionskunden aus Milford durchzuführen, deshalb konnte ich mich erst später am Tag dem Drama der Familie Stevens widmen. Da ich ein Datum für den Skandal mit dem verheirateten Mann hatte, war es ziemlich einfach, die Zeitungsarchive zu durchsuchen. Tatsächlich, da war ein Artikel in der sozialen Kolumne, der so viele pikante Einzelheiten preisgab, wie zu dieser Zeit gedruckt werden durften.

Der Polizeichef hatte in einem kleinen öffentlichen Park in der Innenstadt seltsame Geräusche gehört und nachgesehen, woher sie kamen. Er hatte Silas Albright entdeckt, der mit heruntergelassener Hose auf einer Parkbank saß und eine Frau auf dem Schoß hatte, deren Rock um ihre Hüften gewickelt war. Es war zwar dunkel gewesen, aber sie hatte sich leicht umgedreht, als der Polizeichef die beiden ansprach, und er hatte sie erkannt. Silas hatte Lucille abgeworfen, hinter die Bank gescheucht und war tapfer aufgestanden, obwohl seine Hose immer noch an seinen Knöcheln hing. Dann hatte er sich dem Polizeichef gestellt und dafür gesorgt, dass Lucille entkommen konnte. Er hatte sich geweigert, ihren Namen preiszugeben.

Mir blieb die Spucke weg. Niemand außer den beiden und dem Polizeichef hätte das wissen können. Wenn dieser Vollidiot die Klappe gehalten hätte, hätte niemand etwas davon erfahren. Wenn der Polizeichef wirklich so entsetzt über das unsittliche Verhalten der beiden gewesen wäre, hätte er Lucille diskret vor den möglichen Konsequenzen ihres Handelns warnen können. Sie war noch nicht einmal neunzehn gewesen. Ein achtzehnjähriges Mädchen. Ich hatte keine Ahnung, wie alt Silas Albright gewesen war, aber der Polizeichef hätte ihn einfach wegen unsittlicher Entblößung und Bruch seines Ehegelübdes rügen, ihn nach Hause zu seiner Frau schicken und die ganze Geschichte auf sich beruhen lassen sollen.

Aber nein. Er hatte alles seinem Kumpel erzählt. Daraufhin hatte Lucilles Vater sie angeschrien und rausgeworfen, während Mabel weinend zusehen musste und die ganze Nachbarschaft das Spektakel mitbekam. Er hatte es nicht getan, weil er sich um Mabels Ruf oder ihre Verlobung mit Harlen sorgte, sondern weil er wütend auf seine Tochter war. Anstatt alles geheim zu halten und ihren Ruf zu wahren, hatte er sie vor der ganzen Nachbarschaft als leichtes Mädchen gebrandmarkt.

Daisy hatte recht. Dieser Kerl hatte zu der übelsten Sorte Mensch gehört. Und jetzt machte ich mir *wirklich* Sorgen um Lucille. Eine junge Frau, alleine auf der Straße.

Da die ganze Stadt davon wusste, hatten sie vermutlich sogar ihre Freunde im Stich gelassen. Und Silas ... Ja, er hatte seine Frau betrogen, was unverzeihlich war, aber er hatte versucht, Lucille zu beschützen und sich geweigert, ihren Namen preiszugeben. Er hatte sich dem Polizeichef gestellt und versucht, den Ruf der jungen Frau zu wahren.

Ich hasste diesen Polizeichef. Und ich hasste Hugh Stevens. Beide waren lange vor meiner Geburt gestorben, aber ich wäre am liebsten zum Friedhof gefahren und hätte auf ihre Gräber gespuckt.

Ich forschte bis weit nach Feierabend weiter, konnte jedoch keine zusätzlichen Informationen über Lucille und Silas finden. Der „Vorfall" hatte sich im Oktober 1925 ereignet. Die Mädchen waren im Dezember neunzehn geworden. Mabels Verlobungsanzeige war im Januar in der Zeitung erschienen, die Hochzeit war für den Juni geplant gewesen. Ich packte ein paar Akten ein, die ich mit nach Hause nehmen wollte. Kurz bevor ich ging, sah ich mir noch einmal das Zeitungsarchiv an.

Die Stevens-Hansen-Hochzeit hatte wie geplant am 2. Juni 1926 stattgefunden. Ich stieß auf ein Foto, auf dem ein ernst dreinblickender Harlen mit buschigem Schnurrbart und dickem Bauch abgebildet war, der neben der hübschen Mabel stand. Die Braut trug ein perlenbesetztes Etuikleid mit elegantem Taschentuchsaum und einen perlenbesetzten Kopfschmuck, der den hübschen gewellten Bob betonte, um den Evie sie so beneidet hatte. Aber es waren ihre Augen, die meine Aufmerksamkeit auf sich zogen. Auf früheren Fotos hatte Mabel immer süß und fröhlich ausgesehen. Auf ihrem Hochzeitsfoto sah sie aus, als wäre sie auf einer Beerdigung.

Mir wurde erst klar, warum sie so unglücklich aussah, als ich zu Hause war und es mir mit Evies Tagebüchern und einer heißen Tasse Tee auf dem Sofa bequem gemacht hatte. Mabel hatte im Juni 1926 im Alter von neunzehn Jahren geheiratet. Ihre Tochter Eleonore wurde im Dezember 1926 geboren. Entweder hatte Mabel eine Frühgeburt gehabt oder war zum Zeitpunkt ihrer Hochzeit schwanger gewesen.

Eine schwangere Frau hätte heiraten müssen, vor allem, nachdem sie gesehen hatte, wie es ihrer Schwester ergangen war. Entweder hatte Harlen es eilig gehabt und entschieden, dass ein Verlobungsring ausreichte, um mit seiner zukünftigen Braut zu schlafen, oder Mabel war von jemand anderem schwanger gewesen.

Wenn es so gewesen war, hätte Harlen das bestimmt genauso schnell wie ich berechnet. Das würde erklären, warum er seiner Frau und seiner Tochter gegenüber so reserviert gewesen war. Er hatte die Tochter eines anderen Mannes großziehen müssen. Richter Beck hatte recht, der einzige Unterschied war, dass Mabel ihren Mann nicht betrogen hatte – sie hatte ihren Verlobten dazu verleitet, eine Frau zu heiraten, die das Baby eines anderen Mannes unter dem Herzen trug.

Wenn es tatsächlich so gewesen war, war Mabel ihrer Zwillingsschwester viel ähnlicher gewesen, als ihre Freundin Evie angenommen hatte.

13

„Das ergibt einen Sinn", sagte Richter Beck und bot mir ein weiteres Stück Pizza an. Es war riskant, Essen hin und her zu reichen, da der ganze Tisch mit Richter Becks Akten und Evies Tagebüchern bedeckt war. Ich war froh, dass er etwas zum Abendessen mitgebracht hatte, ich wünschte nur, es wäre nicht so fettig gewesen. „Obwohl ich mir eher vorstellen kann, dass Harlen vor der Hochzeit mit seiner Verlobten geschlafen hat, als dass sie ihn betrogen hat."

„Haben die Leute das wirklich getan?", fragte ich und leckte Soße von meinem Finger. „Eine Verlobung als Eheversprechen anzusehen, meine ich, nicht, seinen Verlobten zu betrügen."

„Ja, aber wenn sie ihn doch betrogen hat, war sie nicht das nette stille Mädchen, für das ihre Freundin sie hielt. Ihren Verlobten zu betrügen und ihm das Kind eines anderen Mannes unterzujubeln ist ziemlich verwerflich, wenn Sie mich fragen."

Das sah ich auch so, aber die Mabel aus Evies Tagebüchern hätte so etwas nicht getan. Ich kannte jedoch nur Evies Sicht der Dinge.

„Vielleicht hat Mabel Harlen vor der Hochzeit alles gestanden und er hat die Herausforderung angenommen und ihr geholfen", sinnierte ich. Das schien zwar etwas weit hergeholt, warf jedoch ein besseres Licht auf Mabel.

Der Richter zuckte mit den Schultern. „Wenn er wirklich von ihr besessen war, hat er sie vielleicht trotzdem geheiratet und sich erst später darüber geärgert, dass sie ihm ein Kind untergejubelt und ihn nur geheiratet hat, um ihren Ruf zu wahren."

„Oder weil er viel Geld hatte", warf ich ein. „Wenn sie von jemand anderem schwanger war, frage ich mich, warum sie nicht mit diesem Kerl abgehauen ist und ihn geheiratet hat. So, wie ich sie einschätze, hat sie den Mann vermutlich geliebt, wenn sie mit ihm geschlafen hat. Der einzige Grund, warum sie geblieben ist und stattdessen Harlen geheiratet hat, war, dass sie den Wohlstand und den Status wollte, den diese Verbindung mit sich brachte."

Was äußerst berechnend gewesen wäre. Evie hatte vermutlich ein verzerrtes Bild von ihrer Freundin gehabt, aber ich fragte mich, wie es gekommen war, dass die süße, treue Mabel den Mann, den sie liebte, verließ und einen anderen täuschte und heiratete, nur weil er Geld und Beziehungen hatte. Hatte ihr das Schicksal ihrer Schwester Angst gemacht? Hatte sie befürchtet, dass es ihr wie Lucille ergehen würde, wenn sie nicht den Mann heiratete, den ihr Vater für sie ausgesucht hatte? Dass er sie auch auf die Straße setzen würde?

„Vielleicht war der Vater ihres Kindes ein Idiot und wollte sie nicht heiraten. Oder vielleicht war Lucille nicht die Einzige, die Sex mit einem verheirateten Mann hatte."

Ich verzog das Gesicht, weil ich dachte, dass Richter Beck recht haben könnte. Betrügerin. Ehebrecherin. Goldgräberin. Ich wollte keine dieser Rollen mit Mabel assoziieren. Ich schüttelte den Kopf und dachte, dass wir Mabels Beweggründe vielleicht nie erfahren würden. „Was ich nicht verstehe, ist, wie sie es geschafft haben, Eleonores Geburtsdatum geheim zu halten. Auf ihrer Sterbeurkunde war das richtige Datum angegeben. Online konnte ich keine Geburtsurkunde finden, habe jedoch angenommen, dass sie nicht eingescannt wurde oder verloren gegangen war."

„Vielleicht wurde das Baby in einem anderen Bundesstaat geboren", mutmaßte Richter Beck. „Geburtsurkunden waren damals nicht so wichtig wie heute. Viele Leute brauchten ihr ganzes Leben lang nie eine. Für Hausgeburten auf dem Land gab es ohnehin keine Geburtsurkunden. In den meisten Bezirken wurden die Geburts-, Sterbe- und Hochzeitsdaten in den Familienbibeln vermerkt, was als anerkanntes Verfahren galt. Wenn sie das Baby in Pennsylvania bekommen hat und ein paar Monate dort geblieben ist, hat sie bei ihrer Rückkehr vielleicht ein späteres Geburtsdatum angegeben."

In der Zeitung hatte nichts von einer Frühgeburt gestanden. Mabel hatte ihr Baby *tatsächlich* in einem anderen Bundesstaat bekommen und die Geburtsanzeige war erst im März in der Zeitung erschienen - mit Angabe eines Geburtsdatums im März 1927. Das drei Monate alte Baby, das sie mit nach Hause gebracht hatte, war in Wirklichkeit sechs Monate alt gewesen. Und Evie, die selbst schwanger gewesen war, hatte Mabel geholfen, so lange wie möglich wegzubleiben, um die Täuschung zu ermöglichen. Evie war neun Monate von ihrem geliebten Ehemann getrennt gewesen, um ihrer Freundin zu helfen.

Aber hatte Harlen sich tatsächlich täuschen lassen? Es war unwahrscheinlich, wenn man bedachte, wie er seine Frau und seine Tochter behandelt hatte. Aber er hatte sie nicht rausgeschmissen – er hatte zweifellos verhindern wollen, als gehörnter Ehemann bloßgestellt zu werden, dem das Kind eines anderen Mannes untergejubelt worden war. Es war jedoch verdächtig, dass er seine junge, hübsche Frau von September 1926 bis Juni 1927 aufs Land geschickt hatte, ohne sie ein einziges Mal zu besuchen. Mabel war eine schlanke, zierliche Frau. Es wäre offensichtlich gewesen, dass sie bereits im zweiten Trimester war, als sie die Schwangerschaft bekanntgab.

„Mabel fährt also aufs Land, bevor ihr Bauch zu groß wird, und behauptet, eine problematische Schwangerschaft zu haben. Im Dezember bekommt sie ihr Baby. Die Geburtsanzeige gibt sie im März auf - zu der Zeit hätte das Baby zur Welt kommen sollen. Sie lässt sich eine gefälschte Geburtsurkunde ausstellen - wenn überhaupt - und kommt im Juni mit einem Baby nach Locust Point zurück, das drei Monate älter ist, als alle denken."

Erfahrene Mütter hätten den Braten bestimmt gerochen, aber Mabel musste nur vortäuschen, dass sie selbst und das Baby gesundheitliche Probleme hatten, um Besucher so lange fernzuhalten, bis das Baby alt genug war, um die Täuschung zu vollenden.

Aber Evie hatte Bescheid gewusst. Am Ende des Jahres 1925 war sie mit Howard Pratt verlobt gewesen. Im Januar 1926 hatte sie ihm das Ja-Wort gegeben und im Dezember 1926 mit ihrer Freundin zusammen in Pennsylvania ein Kind zur Welt gebracht. Die beiden Mädchen waren zusammen aufgewachsen und irgendwann war Eleonores richtiges Geburtsdatum herausgekommen. Suzette hatte gesagt, ihre Großmutter und Eleonore seien gleich alt gewesen und 1926 zur Welt gekommen, nicht 1927, wie Mabel behauptet hatte.

Eleonore musste irgendwann die Wahrheit erfahren haben. Sehr wahrscheinlich hatte sie auch nachgerechnet. Sie musste sich über ihre Abstammung gewundert haben. Hatte sie jemals ihre Mutter gefragt?

Diese Frage musste ich Matt und möglicherweise seinem Vater stellen.

„Hört sich so an, als hätte Mabel allen Grund gehabt, sich schuldig zu fühlen“, kommentierte Richter Beck und schnappte sich ein weiteres Stück Pizza.

Ich nickte. Das hatte sie tatsächlich. Aber es gab noch viel mehr, das ich herausfinden musste. Wer war Eleonores Vater? War Mabel wirklich so materialistisch gewesen, wie ich dachte, oder war sie eine verängstigte junge Frau gewesen, die keine andere Wahl gehabt hatte? Und was war mit Lucille passiert?

Ich las weiter in Evies Tagebüchern und meine Sicht verschwamm, als ich die ellenlangen Einträge las, die ihr Hochzeitskleid beschrieben, wie gut Howard ausgesehen hatte und wer bei der Hochzeit gewesen war. Nach der Hochzeit gab es ein paar Tage lang keine Einträge. Ich musste schmunzeln. Ja, Evie hatte Howard geliebt und es war offensichtlich, dass sie zu beschäftigt gewesen war, um lange Tagebucheinträge zu verfassen. In den ersten Monaten des Jahres 1926 erwähnte sie Mabel und Lucille kaum; stattdessen sprach Evie poetisch über ihr Eheglück.

Im Juni stieß ich auf einen Eintrag, der mich erschütterte. Unmittelbar vor Mabels extravaganter Hochzeit mit Harlen – einen Tag zuvor, um genau zu sein – wurde Lucilles Leiche im Teich der Hostenfelders gefunden.

Mir stiegen Tränen in die Augen und ich musste das Schluchzen unterdrücken. Ich legte das Tagebuch weg, ich brauchte eine Pause. Genaugenommen brauchte ich ein Glas Wein, um mich auszuheulen.

„Was ist los? Was ist passiert?" Richter Beck runzelte besorgt die Stirn. „Diese Geschichte wächst mir langsam ans Herz, das dürfen Sie mir glauben. Ich interessiere mich weit mehr dafür, was mit Evie, Mabel und Lucille passiert ist, als für diesen Fall von Sachbeschädigung."

„Lucille ist tot. Sie wurde einen Tag vor Mabels Hochzeit im Teich der Hostenfelders gefunden", sagte ich und kam mir irgendwie lächerlich vor, als würde ich wegen einer fiktiven Figur aus einer Seifenoper weinen. Diese Leute waren alle schon lange tot, aber in den letzten paar Tagen hatte ich mich so sehr mit ihrem Leben beschäftigt, dass es mich völlig aus der Bahn warf, diesen schockierenden Eintrag in Evies Tagebuch zu lesen.

Es hätte ein Schwimmunfall sein können, aber Richter Becks Gesichtsausdruck nach zu schließen, dachte er dasselbe wie ich.

„Das ist schrecklich", sagte er leise. „Ihr Vater schmeißt sie raus, ihr Liebhaber verschmäht sie und ihre Freunde und Familienangehörigen verweigern ihr jegliche Hilfe."

„Sie nimmt sich das Leben", vervollständigte ich seinen Gedankengang. „Der Zeitpunkt war bestimmt kein Zufall. Hat Mabel sie ein paar Tage vor ihrer Hochzeit abgewiesen, aus Angst, Harlen könnte die ganze Sache abblasen, wenn sie ihrer skandalumwobenen Schwester hilft?"

„Mabel war schwanger. Sie musste heiraten und wusste, dass Harlen besser für sie sorgen würde als jeder andere Mann. Wenn er die Hochzeit abgeblasen hätte, hätte sie nicht genug Zeit gehabt, einen neuen Bräutigam zu finden, bevor die Schwangerschaft sichtbar wurde."

„Es war schwierig genug vorzutäuschen, dass ihr Baby drei Monate jünger war, als es tatsächlich war; an ihrer Hochzeit sechs oder sogar neun Monate schwanger zu sein, wäre unmöglich gewesen. Sie hätte das Baby heimlich in einem anderen Bundesstaat zur Welt bringen, es weggeben, zurückkommen und so tun müssen, als wäre sie nie schwanger gewesen.“

„Was keine Option gewesen wäre. Wenn der Vater Lucille rauswarf, weil sie mit einem verheirateten Mann zusammen gewesen war, hätte er dasselbe mit Mabel getan, wenn er gewusst hätte, dass sie unehelich schwanger geworden war. Sie wäre nicht dazu gekommen, sich heimlich aufs Land schleichen und das Baby zur Adoption freizugeben. Sie wäre auf der Straße gelandet, genauso wie ihre Schwester, einfach schwanger.“

„Sie hat ihre Schwester abgewiesen, um sich selbst zu schützen“, grübelte ich. „Na ja, es ist möglich, dass sie ihrer Schwester später helfen wollte, nachdem sie mit Harlen alles geklärt und das Baby bekommen hatte.“

„Vielleicht konnte Lucille nicht länger warten“, deutete der Richter an. „Vielleicht war sie auch schwanger und das schon drei Monate länger. Wenn sie im sechsten Monat schwanger war, hätte sie bestimmt Hilfe gebraucht. Obwohl ich nicht weiß, wie Mabel ihr hätte helfen können. Sie hatte ja kein eigenes Geld.“

„Nein, aber vermutlich hatte sie ein Ausgabenkonto für die Hochzeit. Sie hätte bestimmt etwas Geld für ihre Schwester abzweigen können. Genug für eine billige Mietwohnung in Milford und etwas zu essen.“

„Ich würde zwar wetten, dass ihr Vater und Harlen die Finanzen fest im Griff hatten. Ihr Vater musste vermutet haben, dass Lucille ihre Zwillingsschwester um Hilfe bitten würde. Und ein Geschäftsmann wie Harlen hätte die Ausgaben für die Hochzeit bestimmt im Auge behalten.“

„Arme Lucille.“ Und arme Mabel. Zwei junge Frauen, die in der Falle saßen. Die eine nimmt sich das Leben, die andere verurteilt sich zu einer lieblosen Ehe, weil sie das bestmögliche Leben für ihr Baby will. Wenn Lucille nur nicht erwischt worden wäre. Wenn dieser dumme Polizeichef doch nur den Mund gehalten hätte. Vielleicht hätte Lucille einen anderen Weg gefunden und sich nicht in einem Teich ertränken müssen.

„Daher kamen die Schuldgefühle. Mabel fühlte sich für den Selbstmord ihrer Schwester verantwortlich. Diese Schuld muss sie ihr ganzes Leben lang mit sich herumgetragen haben.“ Richter Beck schüttelte den Kopf. „Irgendwie wünschte ich, Madison wäre jetzt hier. Ich würde sie am liebsten fest umarmen und ihr sagen, dass ich sie lieb habe und immer für sie da bin, egal, in welchen Schwierigkeiten sie steckt. Vermutlich würde ich sie zuerst anschreien, aber ich würde ihr immer helfen.“

Ich musste an den Mordfall von Caryn Swanson denken. Ich hatte herausgefunden, dass Madison mit viel älteren Leuten auf eine Party gegangen war, Alkohol getrunken und unwissentlich mit jungen Frauen rumgehangen hatte, die in einen Prostitutionsring verwickelt gewesen waren. Richter Beck war stinksauer auf seine Tochter gewesen, aber ich hatte schon damals gewusst, dass er wütend gewesen war, weil er sich Sorgen um ihr Wohlergehen machte und sie sehr liebte.

„Ich kann mir nicht vorstellen, dass Sie sie mit Austin Meadows ins Kino gehen lassen“, sagte ich und versuchte, die Stimmung ein wenig aufzuhellen.

„Doch, ich werde sie gehen lassen, obwohl es mir nicht passt. Es ist mir lieber, wenn sie ehrlich zu ihrer Mutter und zu mir ist und nicht hinterrücks herumschleicht. Außerdem werde ich vor ihrem Date ein Wörtchen mit Austin Meadows reden."

Und dem armen Jungen zweifellos Todesangst einflößen. Vermutlich würde Austin Meadows sich nach diesem Gespräch nicht einmal trauen, mit Madison Händchen zu halten.

Oder auch nicht. Teenager-Hormone waren unberechenbar.

Wenn Lucille und Mabel doch nur einen Vater wie Richter Beck gehabt hätten, sinnierte ich, als ich wieder nach dem Tagebuch griff.

Der nächste Eintrag war am Tag von Mabels und Harlens Hochzeit verfasst worden. Er begann folgendermaßen:

Menschen, die ich lieb habe, haben Entscheidungen getroffen, die ich nicht verstehen kann, Entscheidungen, die mich zutiefst verletzen. Hier sitze ich nun und bin wahnsinnig glücklich mit meinem geliebten H, aber mein Herz schmerzt, weil sich so viele schreckliche Dinge zugetragen haben. LS ist tot, ihre Seele bis in alle Ewigkeit verdammt. Ich frage mich, ob ich besser hätte hinsehen sollen - ob ich die Eifersucht in meinem Herzen hätte ausmerzen und versuchen sollen, sie auch lieb zu haben. Vielleicht hätte es einen Unterschied gemacht. Aber das weiß nur unser Herr. Es ist zu spät, um LS zu helfen. Es bleibt mir nichts anderes übrig, als für ihr Seelenheil zu beten und den Schrecken und den Abscheu zu überwinden, damit ich der Person, die jetzt dringend meine Hilfe braucht, in liebevoller Freundschaft die Hand reichen kann.

Es zieht ein Sturm am Horizont auf und ich fürchte mich vor dem Unheil, den er bringen wird.

Der Tagebucheintrag endete mit einer äußerst detaillierten und fast sterilen Erzählung der Stevens-Hansen-

Hochzeit. Ganz am Ende des Eintrags, gewissermaßen als Nachtrag, hatte sie in ungewöhnlich unleserlicher Handschrift etwas auf die Seite gekritzelt, die aussah, als wären Tränen darauf getrocknet:

Ich habe alles meinem geliebten H erzählt. Ich habe ihn noch nie so geliebt wie heute Abend.

14

Ich legte eine Pause ein, brühte eine Kanne Tee und versuchte, mich vom Herzschmerz zu erholen. Dann kehrte ich ins Esszimmer zurück, legte das Tagebuch beiseite und durchsuchte erneut das Zeitungsarchiv. Ich stellte zynischerweise fest, dass der Bericht über die Stevens-Hansen-Hochzeit weit mehr Platz in Anspruch genommen hatte als die kurze Meldung über Lucilles Selbstmord. Wie Evie geschrieben hatte, war ihre Leiche von Joshua Hostenfelder, der damals noch ein Kind gewesen war, im Teich auf dem Grundstück seiner Eltern gefunden worden, als er die Enten- und Gänseeier einsammelte.

Joshua Hostenfelder. Ich lächelte, als ich den Namen las, und strich mit der Hand über das Tagebuch, das neben meinem Laptop lag. Evies und Howards Tochter Sarah würde ihn später heiraten. Sie waren die Großeltern, von denen Suzette gesprochen hatte. Das imaginäre Bild von dem kleinen Josh, der nach Eiern suchte, stand in starkem Kontrast zu dem mürrischen alten Mann, der regelmäßig die Kinder aus der Nachbarschaft von seinem Teich weggescheucht hatte. Ich musste lächeln.

Aber nicht lange. Der Teich. Das war der Teich, der sich auf den zwei Hektar Land hinter Suzettes Haus befand, die von der einst riesigen Farm übrig geblieben waren. Der Teich, in dem Daisy und ihre Freunde heimlich gebadet hatten. Der Teich, in dem sich Lucille Stevens das Leben genommen hatte. Kein Wunder, dass Josh als alter Mann nicht gewollt hatte, dass Kinder in seinem Teich herumschwammen. Vermutlich hatten sie ihn an die junge hübsche Frau erinnert, die er als Kind mit aschfahler Haut im trüben Wasser des Teichs gefunden hatte.

Die Leiche war schnell identifiziert worden, dann hatte man sie ins Leichenschauhaus gebracht und die Familie informiert. Ich markierte das Datum, damit ich es später wiederfinden würde, las den Bericht über die Hochzeit und scrollte weiter, um zu sehen, ob irgendwo erwähnt wurde, wo Lucille beerdigt worden war.

Die Mitteilung war so klein, dass ich sie fast übersehen hätte. Ich hatte nicht angenommen, dass sie neben ihrer Mutter im Familiengrab bestattet worden war, da Lucilles Vater sie rausgeworfen und verstoßen hatte, aber was ich da las, hätte ich nicht erwartet. Da Lucille Selbstmord begangen hatte, wurde sie nicht auf dem Kirchenfriedhof beerdigt. Sie wurde in einem Armengrab auf einem kleinen konfessionslosen Friedhof am Rande der Stadt beigesetzt, dort, wo die Landstreicher ruhten.

Das war zu viel Herzschmerz für einen Donnerstagabend. Ich scrollte zum Hochzeitsbericht zurück, ging die umfangreiche Gästeliste durch und las die detaillierte Beschreibung des Zehn-Gänge-Menus und der stattlichen Orchestermusik. Der Empfang war steif, elegant und prunkvoll gewesen und die Braut als umwerfend schön beschrieben worden. Ihre düstere Miene wurde dem Selbstmord ihrer Schwester zugeschrieben, der einen Schatten über das Ereignis geworfen hatte. Ich konnte mir nicht vorstellen, einen Tag nachdem meine Schwester tot aufgefunden wurde, zu heiraten, aber das Ereignis war vermutlich zu groß gewesen, um es zu verschieben. Außerdem war es unwahrscheinlich, dass Mabels Vater oder Harlen die Hochzeit aus Respekt für ihre Schwester verschoben hätten. Sie war rausgeworfen und von ihrer Familie abgeschnitten worden - und sie hatte Selbstmord begangen. Aber Mabel hatte eindeutig um sie getrauert. Hatte sie sich deshalb an das Sideboard geheftet? Ich blickte zu dem Geist in der Ecke hinüber und fragte mich, ob er endlich Frieden finden würde, wenn Lucilles sterbliche Überreste auf den Kirchenfriedhof gebracht würden. Obwohl ich keine Ahnung hatte, wie ich das anstellen sollte. Die Umsiedlung würde viel Geld kosten, das ich nicht hatte, außerdem wusste ich nicht, ob die Kirchgemeinde Selbstmordopfern gegenüber mittlerweile aufgeschlossener war als vor neunzig Jahren.

Wenn Mabel deshalb Schuldgefühle hatte, würde ich ihr vermutlich nicht helfen können. Ich konnte mit Matt zu Lucilles Grab gehen und hoffen, dass er ihr gelegentlich seinen Respekt zollen würde, aber ich wusste nicht, ob das ausreichen würde. Vielleicht würde das alles nichts nützen. Es gab Wunden, die so tief waren, dass sie niemals heilten. Vielleicht würde Mabel für immer und ewig an diesem Sideboard haften. Ich würde es jedoch nicht so schnell wieder hergeben, obwohl mir der Gedanke, einen zweiten Geist im Haus zu haben, nicht gefiel. Nicht nur, weil mir das Möbelstück wirklich gefiel, ich *kannte* diesen Geist. Ich konnte ihn nicht einfach an jemand anderen abschieben, der Mabels Geschichte nicht kannte und nicht in Tränen ausbrach, wenn er an ihre Schwester dachte, die so tragisch gestorben war.

Ich klappte den Laptop zu und stapelte die Tagebücher wieder auf den Stuhl. Dann schenkte ich Richter Beck ein kurzes Lächeln und ging in die Küche. Ich hatte die Grenze meines emotionalen Wohlbefindens erreicht. Es war Zeit, meine Aufmerksamkeit wieder den Lebenden zuzuwenden und mit den Vorbereitungen für das Grillfest am kommenden Wochenende zu beginnen.

Die Lichterketten und das Dekorationsmaterial lagen in einer großen Plastikwanne neben der Hintertür und warteten darauf, aufgehängt zu werden. Ich hatte fischförmige Glasschalen, farbige Glasperlen und Schwimmkerzen, dicke Pappteller, Besteck und Weingläser aus Plastik. Ich hatte eine riesige Kupferwanne vom Dachboden geholt, die ich mit Eis, verschiedenen Bieren und Limonaden füllen wollte, und eine weitere kleinere Wanne für die Weinflaschen.

Im Kühlschrank war Hackfleisch für Hamburger und Bratwürste, die ich in Bier eingelegt hatte. Kat und Will Lars würden drei Schalen mit Chips und Bohnen-Mais-Salsa mitbringen. Die Steadmans einen marinierten Karottensalat. Die Wilsons würden Erdbeer-Rhabarber-Muffins backen. Es würde mexikanische Auberginen, Cajun-Kohl, grüne Tomatenpastete, gebratene Krabben mit weicher Schale und sogar Bob Simmons' Eichhörnchen-Gumbo geben. Suzette hatte gesagt, sie würde selbstgemachte Polenta und Feigen mit Prosciutto mitbringen. Daisy würde den Wein sponsern – wie hätte es auch anders sein können – und eine Flasche Irgendwas für später. Es würde genug Essen für die ganze Stadt geben, aber ich verspürte immer noch den Drang, selbst etwas beizusteuern.

Außerdem fand ich Backen beruhigend. Ich hoffte, dass mir das Stricken eines Tages das gleiche Gefühl der Ruhe und des Friedens verleihen würde, aber im Moment war dieses Hobby immer noch ziemlich frustrierend, weil ich oft die ganzen Reihen, die ich gestrickt hatte, wieder auftrennen musste. Backen war anders. Wenn ich die Zutaten vermischte, musste ich immer daran denken, dass meine Mutter und Großmutter genau dasselbe getan hatten. Und wenn der Duft von frischen Backwaren durchs Haus zog, stellte ich mir all die Frauen vor, die schon seit Generationen in dieser Küche für ihre Freunde und Familien gebacken hatten. Mit diesem Gefühl der Nostalgie zog ich die Rezeptbuchsammlung meiner Mutter aus den fünfziger Jahren aus dem Regal.

Als sie gestorben war, hatte ich sie mit nach Hause genommen und war begeistert von den kleinen handgeschriebenen Rezepten gewesen, die sie auf lose Zettel gekritzelt und zwischen die Seiten der Bücher gelegt hatte. Ich hatte zwar nie ihr Lachsbrot oder ihre herzhafte Fleisch- und Gemüseterrine ausprobiert, aber es versetzte mich nichts so schnell in meine Kindheit zurück wie Marmorkuchen und Schinken-Käse-Toast.

Madison würde einen Kuchen für den Geburtstag ihres Vaters backen, wenn sie am Sonntag wieder zurückkam, aber ich wollte etwas Festliches zubereiten. Ich ging alle Rezeptbücher durch und notierte Kuchen, die sowohl Richter Beck als auch meinen Nachbarn schmecken würden. Ein Zitronenkuchen? Eine gebackene Eiskremtorte? Oder ein Schokoladenkuchen?

Madison würde vermutlich einen Schokoladenkuchen backen, deshalb entschied ich mich für Zitronenkuchen, der gut zu den verschiedenen Fleischsorten und Beilagen passen würde. Das Rezept war für einen 22 cm großen quadratischen Kuchen und ich beschloss, die doppelte Menge Teig zuzubereiten, damit ich zwei Kuchen backen konnte, die hoffentlich für alle Nachbarn reichen würden. Ich stellte Schüsseln und Pfannen bereit, suchte die Zutaten heraus, rieb etwas Zitronenschale ab und brühte starken schwarzen Tee, in dem ich die gehackten Rosinen einweichte.

Ich siebte die trockenen Zutaten, verrührte das Backfett mit dem Zucker und schlug zwei Eier auf. Dann vermischte ich die trockenen Zutaten mit der Flüssigkeit, die vom Einweichen der Rosinen übriggeblieben war. Ich fügte die Rosinen hinzu, füllte den Teig in die beiden gefetteten und bemehlten Backformen und schob sie in den Ofen. Für dieses Rezept, genauso wie für viele andere, die ich hatte, einschließlich eines roten Samtkuchens, wurde Backpulver als Treibmittel verwendet. Es ließ den Teig zwar etwas weniger gleichmäßig aufgehen, aber ich mochte die luftige und feuchte Konsistenz, die sich mit diesen alten Rezepten herstellen ließ.

Während die Kuchen im Ofen waren, bereitete ich die Glasur vor, die aus Buttercreme mit Eigelb, Zitronensaft und etwas Zitronenschale bestand. Ich würde bis kurz vor dem Fest damit warten, sie aufzutragen, aber es fühlte sich gut an, dass alles vorbereitet war.

Das abendliche Backen hatte mich beruhigt. Ich zog die Kuchen aus dem Ofen und ließ sie vor Taco geschützt abkühlen, dann ging ich mit meinem Strickzeug nach oben. Ich war fest entschlossen, mehr über Lucille in Erfahrung zu bringen, aber es würde bis morgen warten müssen. Heute Abend würde ich mich mit meiner Katze und meinem Geist im Bett entspannen und versuchen, die blau-weiß gestreifte Babymütze fertig zu stricken, an der ich die letzten paar Tage gearbeitet hatte. Die traurige Geschichte von Mabel und Lucille Stevens hatte neunzig Jahre darauf warten müssen, erzählt zu werden. Sie konnte bestimmt noch eine Nacht länger warten.

15

Am nächsten Morgen brach ich früh auf, direkt nach dem Morgen-Yoga mit Daisy. Auf dem Weg zur Arbeit machte ich einen Abstecher zu einem winzigen Friedhof am Stadtrand.

Mittlerweile lag der „Merciful Mother Cemetery" jedoch nicht mehr am Stadtrand. Locust Point war gewachsen und die einst ländlichen Straßen und Felder hatten sich in ein Einkaufszentrum und ein Viertel mit Reihenhäusern verwandelt.

Ich winkte einem Grabpfleger zu, der Unkraut jätete, und ging durch die Reihen von winzigen, fast unleserlichen Grabsteinen. Viele der Gräber waren mit Metallschildern gekennzeichnet, da die Familien der Verstorbenen sich keine Grabsteine leisten konnten. Der Friedhof war zwar nicht so groß wie der hinter dem Petersdom, aber ich merkte schnell, dass er auch nicht unbedingt klein war. Es gab Hunderte von Gräbern, nicht nur von Landstreichern und Armen, sondern auch von Leuten, die aus verschiedenen Gründen nicht auf dem Kirchenfriedhof oder dem riesigen neuen Friedhof mit dem Mausoleum neben dem

Rummelplatz begraben worden waren. Mir wurde klar, dass ich Hilfe brauchte, wenn ich Lucilles Grab finden und pünktlich zur Arbeit erscheinen wollte. Ich ging zu dem Mann zurück, der Unkraut jätete, und räusperte mich.

„Bitte entschuldigen Sie die Störung", sagte ich. „Ich suche das Grab von Lucille Stevens. Sie wurde im Juni 1926 hier begraben."

Er grinste, wischte sich mit der Hand über die Stirn und hinterließ eine Dreckspur. Der Mann schien Ende sechzig zu sein. Ich fragte mich, ob er ein Gärtner war, der sich um den Friedhof kümmerte und so seinen Lebensunterhalt verdiente, oder ob er Freunde oder Familienangehörige hatte, die hier begraben waren, und in seiner Freizeit die Gräber pflegte.

„Oh, das ist ganz einfach. Sehen Sie den großen Grabstein dort drüben? Dort liegt sie."

Ich starrte verblüfft auf den Grabstein. „Das ist das Grab von Lucille Stevens? Ihr Vater hat sie wegen eines Skandals vor die Tür gesetzt. Sie hat Selbstmord begangen und wurde in einem Armengrab beerdigt."

Er nickte. „Meine Familie kümmert sich schon seit Generationen um die Grabpflege und ich erinnere mich, dass mein Vater mir erzählt hat, wann die Frau den Grabstein einsetzen ließ. Ich fand es immer komisch, dass mitten unter den Gräbern mit Metallschildern und bescheidenen Grabsteinen ein so großes Ding steht. Mein Vater meinte, sie müsse sehr um sie getrauert haben, weil sie so viel Geld für einen Grabstein für eine Frau ausgab, die schon fast zwanzig Jahre tot war."

Ich folgte dem Mann im Gleichschritt zu dem Grabstein. Mabel. Es musste Mabel gewesen sein. Wenn sie den Grabstein zwanzig Jahre nach Lucilles Tod einsetzen ließ, musste es ungefähr 1946 gewesen sein. Harlen Hansen war 1945 gestorben. Der Stein musste gleich nach Harlens Tod von Mabel oder ihrer Tochter eingesetzt worden sein. Ich war ziemlich sicher, dass es Mabel gewesen war.

Hatte es ihr geholfen, besser mit ihren Schuldgefühlen zurechtzukommen? Vermutlich nicht, wenn sie immer noch um Vergebung ihrer Sünden flehte.

„Es besucht niemand mehr ihr Grab", sagte der Mann. „Ich säubere die Grabsteine und mähe das Gras, obwohl es bei dem ganzen Regen in letzter Zeit etwas außer Kontrolle geraten ist. In den letzten dreißig Jahren habe ich nie jemanden bei ihrem Grab gesehen."

Mabel war 1980 gestorben. Ich fragte mich, ob Eleonore überhaupt von ihrer Tante gewusst hatte. Matt jedenfalls nicht.

Lucille Stevens – 18. Dezember 1907 – 1. Juni 1926. Geliebte Schwester.

Mir stiegen Tränen in die Augen. Ich bückte mich und strich mit der Hand über den Schriftzug. Der Grabstein war aus schwarzem Granit gefertigt und ziemlich groß.

Ich wischte eine Staubschicht vom Sockel und stellte die Blumen, die ich mitgebracht hatte, in einen biologisch abbaubaren Topf, den ich mit kleinen Metallheringen sicherte. Die Tränen brannten in meinen Augen. Lucille hatte in ihrem kurzen Leben so viel durchgemacht und ein tragisches Ende genommen. Und dann war sie hier begraben worden ... Es schien ein netter Friedhof zu sein, aber alle anderen Familienmitglieder lagen in einem Familiengrab hinter der Kirche, nur sie war hier unter Fremden und Ausgestoßenen begraben, wenn auch mit einem schicken Grabstein.

Lucille brauchte Besucher. Ich musste mit Matt und seinem Vater sprechen. Es war zwar ein bisschen gemein, wenn ich den Mann weiterhin an der Nase herumführte, aber ich musste Matt und seinen Vater hierher bringen, um die beiden mit ihrer Familie zu vereinen. Vielleicht würde die arme Mabel dann endlich Frieden finden.

Anstatt mit der Arbeit zu beginnen, rief ich Matt an und teilte ihm mit, dass die Schwester seiner Großmutter mit neunzehn gestorben und auf dem Stadtfriedhof beerdigt worden war.

Ich hörte, wie Matt nach Luft schnappte. „Sie war neunzehn, als sie starb? Meine Güte, das ist ja schrecklich. Kein Wunder, dass Oma sie nie erwähnt hat. Sie muss am Boden zerstört gewesen sein."

„Das Schlimmste kommt erst", sagte ich. „Ihre Großtante Lucille wurde etwa sechs Monate vor ihrem Tod aus ihrem Haus geworfen, nachdem sie mit einem verheirateten Mann im Park erwischt worden war. Sie hat am Tag vor der Hochzeit Ihrer Großmutter Selbstmord begangen."

„Wow." Er klang schockiert. „Und Sie denken, dass Oma deshalb Schuldgefühle hatte?"

„Ja."

„Ich hatte keine Ahnung", sagte Matt. „Und meine Mutter bestimmt auch nicht."

Jetzt kamen die wirklich unangenehmen Fragen. Es war ein Wunder, dass Matt überhaupt noch ans Telefon ging, wenn ich anrief. „Matt, ich muss Sie das fragen: Hat Ihre Mutter, Eleonore, jemals etwas über ihren Vater gesagt? Hat sie jemals erwähnt, dass sie sechs Monate nach der Hochzeit von Mabel und Harlen geboren wurde?"

Matt schmunzelte. „Oh, das war kein großes Geheimnis. Anscheinend war Opa Harlen ein bisschen ungeduldig und konnte nicht bis zur Hochzeit warten, egal, was mein Vater über ihn sagt. Und es ist ja nicht so, als hätte Mama sich das nicht ausrechnen können. Sie hatte ihren Geburtstag immer im März gefeiert. Aber als sie ihren Pass abholen wollte, sagte sie, es hätte ein Problem mit ihrer Geburtsurkunde aus Pennsylvania gegeben. Man muss bedenken, dass es in den zwanziger Jahren viele Geburten gab, die nicht registriert wurden. Mama hatte zwar eine Geburtsurkunde, aber sie war gefälscht. Oma musste Geld für eine Fälschung bezahlt haben, denn als Mama schließlich den Registerauszug aus Pennsylvania bestellte, war darauf ein anderes Geburtsdatum vermerkt.“

„Hat sie ihre Mutter jemals nach dem Grund gefragt?“

„Nein, machen Sie Witze? Oma hat meine Mutter sehr geliebt, aber diese Angelegenheit war ihr peinlich. Es hätte niemandem etwas genützt, wenn es zur Sprache gekommen wäre. Mama hat einfach die Information auf ihrem Führerschein korrigieren lassen und danach ihren Geburtstag im Dezember gefeiert. Sie hat nie ein Wort darüber verloren. Oma auch nicht.“ Matt lachte. „Meine Großeltern waren bestimmt nicht die Einzigen, die es etwas eilig hatten. Sie waren verlobt. Die Hochzeitsvorbereitungen waren im Gange. Es kam ihnen vermutlich albern vor, zu warten.“

„Aber warum hat Mabel ihr Baby in einem anderen Bundesstaat zur Welt gebracht und eine falsche Geburtsurkunde für das Kind besorgt?“

„Oma war eine stolze Frau, die einen tadellosen Ruf hatte. Harlen Hansen war ein angesehener Geschäftsmann. Er wollte vermutlich verhindern, dass bekannt wurde, dass er seiner neunzehnjährigen Verlobten schon vor der Hochzeit an die Wäsche gegangen war.“

Ich verzog das Gesicht. „Seltsam, dass Eleonore sein einziges Kind war. Zuerst konnte er es kaum erwarten, seiner hübschen Verlobten einen Ring an den Finger zu stecken, und nach der Hochzeit redete er kaum mehr mit ihr und hatte auch keine weiteren Kinder mehr mit ihr?“

Matt sah mich fragend an. „Was wollen Sie damit sagen?"

Ich hatte mich geirrt. *Das* war der Moment, in dem er schreiend davonrennen und sagen würde, ich solle ihn nie wieder anrufen. Der Gedanke machte mich traurig, aber ich musste es wissen.

„Was ist, wenn Ihre Großmutter in jemand anderen verliebt war? Vielleicht hat sie sich in jemanden verliebt, der völlig unpassend war, und ist von ihm schwanger geworden."

„Dann hätte sie bestimmt diesen anderen Mann geheiratet", betonte Matt. „Wollen Sie etwa sagen, dass Oma mit einem anderen Kerl rumgemacht hat, während sie mit Harlen verlobt war? Wenn man die Monate zurückzählt, müsste sie im März schwanger geworden sein. Zu diesem Zeitpunkt war sie bestimmt schon verlobt."

„Lassen Sie mich ausreden. Mabel hat gesehen, was mit ihrer Schwester passierte. Ihre Zwillingsschwester war rausgeworfen worden, in Ungnade gefallen und mittellos ihrem Schicksal überlassen worden. Vielleicht war der Mann, den sie liebte, unter ihrem Stand, wäre niemals von ihrem Vater akzeptiert worden und hätte nicht für sie sorgen können. Oder vielleicht kannte sie diesen Mann noch gar nicht, als sie sich mit Harlen verlobte. Wie auch immer, sie verlobt sich mit Harlen, verliebt sich jedoch drei Monate nach der Verlobung in jemand anderen, von dem sie schwanger wird. Sie weiß, dass sie einen schrecklichen Fehler gemacht hat und weiß nicht, was sie tun soll."

„Oma hatte bestimmt ihre Schwächen, aber ich kann mir nicht vorstellen, dass sie Harlen auf diese Weise betrogen hätte", erwiderte Matt.

„Damals hatten Frauen kaum irgendwelche beruflichen Möglichkeiten. An wen hätte sich eine junge schwangere

Frau wenden sollen? Ihre Schwester war bereits obdachlos. Solche Frauen landeten zu dieser Zeit oft in der Prostitution. So schrecklich es auch klingen mag, wenn sie wollte, dass ihr Kind nicht verhungerte und ein sicheres Zuhause hatte, blieb ihr nichts anderes übrig, als Harlen zu heiraten."

„Und zu hoffen, dass er es nie rausfinden würde? Warum ist sie nicht einfach mit ihrem Liebhaber durchgebrannt?" Matt seufzte. „Ich muss zugeben, dass die Geschichte mit dem vorehelichem Geschlechtsverkehr etwas unglaubwürdig klingt, wenn man bedenkt, wie mein Vater Harlen beschreibt. Ich kann mir einfach nicht vorstellen, dass Oma so etwas getan hätte. Sie hätte ihrem Verlobten nicht das Kind eines anderen Mannes untergejubelt."

„Was hätten Sie an ihrer Stelle getan? Vielleicht hat sie es Harlen *gesagt* und sich darauf verlassen, dass er einen Weg finden würde. Vielleicht war er deshalb so kalt zu ihr und zu Ihrer Mutter."

Er schnaubte frustriert. „Entweder hat Oma ihren Verlobten hinters Licht geführt, nachdem sie fremdging, oder Harlen hat eine Frau geheiratet, die das Kind eines anderen Mannes unter dem Herzen trug. Nichts davon klingt wie etwas, das sich in unserer Familie zugetragen hätte. Außerdem ist es Schnee von gestern. Oma lebt schon lange nicht mehr. Mama ist gestorben. Es spielt keine Rolle mehr, ob Harlen Mamas Vater war oder nicht. Aber wahrscheinlich haben Sie recht, denn er hat weder seiner Frau noch meiner Mutter etwas von seinem Geld vermacht, aber das spielt jetzt keine Rolle mehr."

Ich verzog das Gesicht. „Es tut mir leid. Ich weiß, dass ich wie eine neugierige Wichtigtuerin klinge, die ihre Nase in Dinge steckt, die sie nichts angehen, aber ich hatte gehofft, dass der Geist Ihrer Großmutter verschwinden würde, wenn ich der Sache auf den Grund gehe.

„Den Geist hatte ich vergessen", gab Matt zu. „Ich verstehe nur nicht, warum Mamas leiblicher Vater irgendetwas mit Schuldgefühlen zu tun haben sollte, die Oma dazu brachten, sich jahrzehntelang an ein Möbelstück zu heften. Mama wurde geliebt, hatte ein wunderbares Leben und war glücklich und zufrieden. Es gab keine Schuldgefühle. Und nach allem, was ich über Harlen Hansen gehört habe, glaube ich kaum, dass meine Oma Schuldgefühle gehabt hätte, wenn sie ihn betrogen hätte.

„Und was ist mit dem leiblichen Vater Ihrer Mutter?", fragte ich. „Wenn ich mit meiner Annahme richtig liege, hat Ihre Mutter Harlen geheiratet und diesen anderen Mann verlassen."

Matt überlegte einen Moment. „Nein. Oma war keine gewinnsüchtige Frau. Wenn Harlen nicht Mamas Vater war, muss ihr leiblicher Vater davongelaufen sein, als er erfahren hat, das sie schwanger war. Oma hätte sonst bestimmt mit Harlen Schluss gemacht und den Vater ihres Kindes geheiratet."

„Vielleicht irre ich mich", sagte ich. „Ich hoffe, dass ich falschliege, aber ich möchte der Sache trotzdem auf den Grund gehen. Ich möchte nicht nur, dass Ihre Großmutter aufhört, in meinem Esszimmer herumzuspuken, sondern auch, dass sie endlich in Frieden ruhen kann. Jetzt, wo ich all diese Dinge über Mabel und ihre Schwester weiß, habe ich das Gefühl, dass ich es ihr schuldig bin, die Wahrheit aufzudecken." Ich kaute auf meiner Unterlippe herum und fragte mich, ob ich zu weit gegangen war. Schließlich war es Matts Familie. Eigentlich ging mich die ganze Sache nichts an. Ich befasste mich nur damit, weil der Geist seiner Großmutter es sich in meinem Esszimmer bequem gemacht hatte.

„Graben Sie ruhig weiter", sagte er. „Ich glaube, Sie liegen falsch, was Mama und Oma angeht, aber ich bin froh, dass Sie herausgefunden haben, was mit meiner Großtante passiert ist. Und ich will die Wahrheit wissen, auch wenn es ein schrecklicher Skandal ist. Ich will wissen, was wirklich passiert ist."

Ich war erleichtert. „Dann sind Sie mir also nicht böse? Ich würde es Ihnen nicht übelnehmen."

Er lachte, diesmal herzlich und freundlich. „Nein, ich bin Ihnen nicht böse. Sagen Sie Bescheid, wenn Sie noch mehr herausfinden, okay?"

„Versprochen", sagte ich. Dann tat ich etwas völlig Unüberlegtes. „Hey, haben Sie morgen Abend schon etwas vor? Ich veranstalte ein Grillfest bei mir zu Hause, damit meine Nachbarn meinen neuen Mitbewohner kennenlernen. Hätten Sie Lust, vorbeizukommen?"

Er antwortete ohne zu zögern. „Ja, sehr gerne. Kann ich etwas mitbringen?"

„Nicht nötig. Wir werden genug Essen haben, um die ganze Stadt zu versorgen", scherzte ich. Ich teilte ihm die Uhrzeit mit und gab ihm meine Adresse. Seltsamerweise freute es mich zu wissen, dass er kommen würde.

„Dann also bis am Samstag, Kay. Ich freue mich.", sagte er.

Sobald ich aufgehängt hatte, klingelte mein Handy. Ich beantwortete den Anruf sofort, weil es Richter Beck war. Er hatte mich noch nie zuvor angerufen. Ich hatte nicht einmal gewusst, dass er meine Nummer hatte, obwohl ich sie ihm wohl gegeben haben musste, als er eingezogen war.

„Lassen Sie uns zusammen zu Mittag essen", sagte er, die Begrüßung ließ er weg.

Ich beäugte den Stapel Akten auf meinem Tisch, der darauf wartete, bearbeitet zu werden. Das war keine gute Idee. Es war Freitag und ich ging nicht gerne mit unerledigter Arbeit ins Wochenende. Aber Richter Beck hatte mich noch nie gebeten, mit ihm zu Mittag zu essen. Er hatte mich noch nie zuvor angerufen.

„Ich lade Sie ein", bot er an. „Und ich habe etwas, das ich Ihnen unbedingt zeigen muss."

Er hatte meine Neugier geweckt. „Sagen Sie nichts weiter. Na ja, außer, wo und wann wir uns treffen. Ich werde da sein."

„Um zwölf im Gerichtsgebäude. Ich sage Bescheid, dass Sie kommen, man wird Sie zu meinem Büro geleiten."

Oh, wow, ich hatte noch nie zuvor das Büro eines Richters betreten. Es hörte sich fast ein bisschen unanständig an. Obwohl ich ziemlich sicher war, dass in Richter Becks Büro nie etwas Unanständiges passierte.

„Bis dann", sagte ich, legte auf und nahm eine Akte vom Stapel. Ich musste mich beeilen und so viel wie möglich erledigen, ich wollte auf keinen Fall zu spät zu unserem Mittagstreffen kommen.

16

Ein Mann, der eine Uniform und eine Pistole trug, begleitete mich zu Richter Becks Büro. Ich war seltsam aufgeregt. Ich war schon mehrmals im Gerichtsgebäude gewesen, um Dokumente für J.T. herauszusuchen oder ihm bei Treffen mit Kautionskunden zu helfen, aber heute stand ich zum ersten Mal hinter den Kulissen.

Mein Begleiter klopfte kurz an, öffnete die Tür und ließ mich eintreten. Richter Becks „Büro" war nicht so groß oder vornehm wie die, die ich in irgendwelchen Fernsehserien gesehen hatte, aber es war genauso ansprechend wie mein Wohnzimmer. Die Wände waren mit Bücherregalen aus dunklem Holz gesäumt. In jedem der Regale standen ledergebundene, goldgeprägte, dicke Nachschlagewerke, die von schweren Buchstützen aus Messing gehalten wurden. In der Ecke stand ein Garderobenständer aus Walnussholz, an dem schwarze Roben hingen. Der Richter saß hinter einem riesigen Schreibtisch voller Akten und Unterlagen, auf dem ein Computer stand.

Als er mich erblickte, lächelte er und stand auf. „Danke,

Eric“, sagte er zu dem Wachmann oder Gerichtsvollzieher - oder was auch immer er war.

„Kein Ursache, Richter Beck.“ Der Mann zog die Tür hinter sich ins Schloss.

„Hier passieren also die ganzen Wunder“, neckte ich ihn und sah mir die Bücher im Bücherregal genauer an.

„Eigentlich passieren die Wunder im Gerichtssaal. Mein Büro ist eher ein Versteck, um dem Drama und den lästigen Juristen auszuweichen.“

„Sind Sie nicht auch einer dieser lästigen Juristen?“

„Durchaus, aber als Richter darf man lästig sein. Das wird sogar von einem erwartet.“ Er lockerte seine Krawatte, ging um den Schreibtisch herum und griff nach einer Akte. „Das ist der Autopsiebericht von Lucille Stevens. Ich wollte ihn heute Abend mit nach Hause nehmen, aber ich bin viel zu neugierig, um so lange zu warten. Sie haben mich mit diesem Familiendrama ange-steckt, jetzt will ich plötzlich alle Einzelheiten wissen. Aber es hat sich nicht richtig angefühlt, den Bericht ohne Sie zu lesen. Ich bin froh, dass Sie Zeit für ein Mittagessen haben.“

Ich sah ihn überrascht an. „Sie haben einen neunzig Jahre alten Autopsiebericht gefunden? Ich wusste nicht einmal, dass es überhaupt einen gibt, geschweige denn, dass man ihn innerhalb von ein paar Stunden finden würde. Haben Sie den ganzen Vormittag vor einem Mikrofiche-Lesegerät im Keller gesessen?“

„Meine Rechtsgehilfin hat den ganzen Vormittag vor einem Mikrofiche-Lesegerät im Keller gesessen. Richter lassen sich nicht zu solch niederen Aufgaben herab. Obwohl sie nicht alleine war. Sie hat die Hilfe von ein paar Kollegen aus dem Archiv in Anspruch genommen; es hat nicht lange gedauert, bis sie den Bericht fanden.“

Diese Kollegen aus dem Archiv hatten sich zweifelsohne ins Zeug gelegt, um in der Gunst des Richters zu bleiben.

„Es ist gut, Richter zu sein", sagte ich im selben Ton, in dem ich „Es ist gut, König zu sein" gesagt hätte.

„Ja, das ist es." Er legte die Hand auf meinen Rücken und führte mich zur Tür. „Ich habe Hunger. Gleich gegenüber gibt es einen Imbiss, der fantastische Reuben-Sandwiches anbietet."

Das hörte sich gut an. Ich ließ mich vom Richter zu den Aufzügen führen, dann durchquerten wir die Haupthalle des Gerichtsgebäudes, wo er den meisten Leuten, an denen wir vorbeikamen, zunickte und sie anlächelte. Es fühlte sich *tatsächlich* so an, als wäre ich mit einem König unterwegs.

Wir überquerten die Straße und betraten den gut besuchten Imbiss. Ich setzte mich an einen Tisch neben dem Schaufenster und Richter Beck ging zur Theke, um unsere Bestellung aufzugeben. Die Akte hatte er auf den Tisch gelegt, mir jedoch verboten, sie zu lesen, bevor er zurückkam.

Er war genauso begeistert von diesem Fall und interessierte sich genauso sehr für die Geschichte dieser Leute wie ich. Es machte Spaß, dieses Abenteuer mit ihm zu teilen. Obwohl es traurig war, dass es um eine Frau ging, die so verzweifelt gewesen war, dass sie sich das Leben nahm. Ich starrte auf die Akte und fragte mich, wie viel sie preisgeben würde. Ich wollte vor allem wissen, ob Lucille zum Zeitpunkt ihres Todes schwanger gewesen war. Wenn ja, wäre ihre Situation noch viel schlimmer gewesen. Eine alleinstehende Frau hätte vielleicht Freunde davon überzeugen können, sie in einem Gästezimmer unterzubringen und sie für eine Anstellung zu empfehlen. Eine alleinstehende schwangere Frau hätte keine Chance gehabt.

Richter Beck kehrte mit einem Tablett zurück und stellte

zwei Teller mit Sandwiches und zwei Gläser Wasser auf den Tisch. Er setzte sich und sah mich erwartungsvoll an.

„Zuerst das Sandwich oder der Autopsiebericht?", fragte ich.

„Beides." Er deutete auf die Akte. „Lesen Sie ihn laut vor. Ich habe ihn noch nicht gelesen und bin genauso neugierig wie Sie."

Er würde eine große Hilfe beim Entziffern des Autopsieberichts sein. Ich hatte schon viele True Crime-Sendungen gesehen und dachte, ich würde mich mit den Begriffen und Bezeichnungen auskennen, aber der Richter hatte viel mehr direkte Erfahrung als ich.

„Sind Sie sicher?" Ich sah mich im Raum um. „Ich möchte niemandem die Mittagspause vermiesen."

„Es arbeiten so ziemlich alle Kunden in diesem Laden im Gerichtsgebäude. Sie haben bestimmt schon Schlimmeres gehört und gesehen. Denken Sie nur an die vielen Tatortfotos, die während Mordprozessen gezeigt werden. Ich bezweifle, dass dieser Bericht irgendwelche blutigen Details enthält. Sie ist ertrunken."

Das stimmte. Ich biss in mein Sandwich, schlug die Akte auf und hätte mich am liebsten nur auf das Sandwich konzentriert. Das Corned Beef war unglaublich zart und das Roggenbrot schmeckte, als wäre es hausgemacht.

Meine Neugier war jedoch stärker als der Hunger und es gelang mir, die erste Seite des Berichts vorzulesen, während ich mein Sandwich aß.

„Name. Geburtsdatum. Rasse. Größe und Gewicht", sagte ich. „Unter Beschreibung des Körpers steht: Bläulichgraue Hautfarbe. Augen offen – das ist gruselig. Dunkles, welliges, nasses Haar, an der längsten Stelle ungefähr 23 cm lang."

Richter Beck neigte sich vor und las verkehrt herum.

„Kalt. Kleidung intakt, aber durchnässt. Kleid. Silberkette am Hals. Fehlender Schuh."

Ich verzog das Gesicht und fragte mich, ob dieser Schuh wohl immer noch irgendwo im Teich der Hostenfelders lag. „Lividität in den distalen Teilen der Gliedmaßen fixiert. Keine Narben, Male oder Anzeichen von frischen Verletzungen. Die Fingernägel sind kurz und die Nagelbette blau."

„Das schließt aus, dass sie sich den Kopf angestoßen hat und versehentlich ertrunken ist", kommentierte Richter Beck. „Der Gerichtsmediziner hätte eine offene frische Kopfwunde erwähnt, wenn das der Fall gewesen wäre."

Ich nickte und fuhr fort. „Die interne Untersuchung von Mund und Rachen ergibt weder Läsionen noch Verletzungen an Lippen, Zähnen oder Zahnfleisch. Keine Obstruktion der Atemwege. Jetzt kommen eine Menge medizinischer Begriffe, die ich nicht verstehe, dann das Gewicht der Lungen und der Vermerk, dass sie Wasser und Ablagerungen enthielten, die mit dem Einatmen von Teich- oder Flusswasser übereinstimmen."

„Herz normal. Magen-Darm-Trakt normal. Harnsystem normal", ergänzte Richter Beck.

„Konnte sie schwimmen?", fragte ich. „Ich stelle es mir schwierig vor, sich selbst zu ertränken."

„Sie schien sich keinen Ballast umgehängt zu haben, deshalb vermute ich, dass sie nicht schwimmen konnte."

Ich schüttelte den Kopf. Ich überlegte, dass es viel einfacher für sie gewesen wäre, Opium zu schlucken, das damals leicht erhältlich war. Wenn Lucille ein Partygirl gewesen war, Zigaretten geraucht und Alkohol getrunken hatte, hatte sie vermutlich Freunde gehabt, die ihr das Zeug hätten besorgen können. Vielleicht auch nicht. Vielleicht hatten ihr ihre Freunde keine Drogen geben wollen, weil sie dachten, sie habe Selbstmordgedanken. Lucille hatte nur die Kleider gehabt, die sie am Leibe trug, als sie auf die Straße gesetzt wurde. Sie hatte weder Geld noch eine Waffe. Ich dachte immer noch, dass sich die Pulsadern aufzuschlitzen oder von einer Brücke zu springen ein einfacherer Tod gewesen wäre, als in einen schlammigen Teich zu waten und zu versuchen, sich selbst zu ertränken.

„Der Teich der Hostenfelders ist nicht besonders tief", fügte Richter Beck hinzu. „Außer im Frühling, wenn es viel regnet. Henry hat mich letzten Monat gedrängt, Miss Hostenfelder zu fragen, ob er mit seinen Freunden in ihrem Teich schwimmen dürfe, deshalb habe ich sie gefragt."

„Und?" Suzette hatte nicht erwähnt, dass Henry in ihrem Teich schwimmen ging, deshalb nahm ich an, dass entweder der Richter oder Suzette es ihm nicht erlaubt hatten.

„Sie hat gesagt, ihr Großvater habe immer befürchtet, die Kinder aus der Nachbarschaft würden darin ertrinken - was verständlich ist, wenn er derjenige war, der Lucilles Leiche fand -, aber er sei in der Mitte höchstens zwei Meter tief. Das Ufer sei sehr schlammig, es gebe viele sumpfige Abschnitte und der Steg sei verrottet. Sie hat gesagt, sie mache sich eher Sorgen darum, dass die Kinder sich die Füße an den rostigen Nägeln des Stegs aufreißen könnten, als dass sie ertrinken würden. Wir fanden beide, dass es keine gute Idee ist, die Kinder dort schwimmen zu lassen. Und als Sie den Whirlpool repariert haben, hat Henry den Teich vergessen."

Ich hätte viel lieber in einem sauberen Whirlpool gesessen als in einem schlammigen sumpfigen Teich herumzuschwimmen, aber ich war kein dreizehnjähriger Junge.

„Vielleicht war sie betrunken, ist ins Wasser gefallen und ohnmächtig geworden", sinnierte ich.

Der Richter zog den Autopsiebericht vor sich hin und blätterte durch die Seiten. „Davon steht hier nichts, aber ich habe keine Ahnung, wie gründlich Autopsien in den zwanziger Jahren waren. Vermutlich gab es damals keine toxikologischen Analysen, so wie heute. Und bei Wasserleichen kann man den Alkohol nicht riechen."

„Wenn sie Wasser geschluckt und eingeatmet hat, war der Mageninhalt vermutlich nicht sehr aufschlussreich." Ich blickte auf den Bericht und fragte mich, ob damals Bluttests durchgeführt wurden.

„Ah, hier steht, wonach Sie gesucht haben." Der Richter drehte den Bericht um und zeigte auf einen Absatz. „Sie war nicht schwanger."

Kein Hinweis auf frühere Geburten. Zum Zeitpunkt des Todes nicht schwanger. Beckenbereich intakt - keine Hinweise auf einen Übergriff oder sexuelle Aktivität. Dann kam eine Auflistung von Begriffen in medizinischem Kauderwelsch, die ich nicht verstand.

Moment mal. „Hier steht, ihr Beckenbereich sei intakt gewesen. Hört sich so an, als wäre sie Jungfrau gewesen. Oder könnte es etwas anderes bedeuten?"

Richter Beck zuckte mit den Schultern. „Keine Ahnung, aber ich kann dem Gerichtsmediziner eine SMS schicken und ihn fragen. Vielleicht *war* sie Jungfrau."

„Aber der Polizeichef hat sie gesehen. Silas Albright saß mit heruntergelassener Hose auf einer Parkbank und sie saß rittlings auf ihm. Wenn sie nicht ... Sie wissen schon, hätte sie sich wohl kaum in dieser Position befunden. Es gibt nicht viele andere Dinge, für die sie mit nacktem Hintern auf seinem Schoß hätte sitzen müssen."

Das Gespräch mit meinem Mitbewohner wurde

langsam peinlich. Dann hatte ich plötzlich einen Geistesblitz.

„Lucille und Mabel waren Zwillingsschwestern. Der Polizeichef hat sie nur von hinten gesehen, dann kurz ihr Profil. Es war dunkel im Park. Vielleicht war es nicht Lucille, die eine Affäre mit Silas hatte, sondern Mabel. Vielleicht hat der Polizeichef einfach angenommen, es sei Lucille, weil sie das wilde Partygirl war und er sich nicht vorstellen konnte, dass die schüchterne, beinahe verlobte Mabel Sex mit einem verheirateten Mann haben könnte.“

Richter Beck starrte mich an. „Kay, das würde bedeuten, dass Mabel eine wirklich schreckliche Person war. Es würde bedeuten, dass sie Harlen Hansen heiratete, während sie das Kind eines anderen Mannes unter dem Herzen trug. Wenn meine Berechnungen stimmen, würde es außerdem bedeuten, dass sie ihre Affäre mit Silas weiterführte, nachdem sie erwischt worden war und sich mit Harlen verlobt hatte, und die Schuld einfach auf ihre Schwester abschob. Sie ließ zu, dass ihre Schwester rausgeworfen wurde, weil sie zu Unrecht beschuldigt wurde, im Park Sex mit Silas gehabt zu haben. Sie führte ihre Affäre weiter, wurde schwanger und weigerte sich, ihrer Schwester zu helfen, was zu ihrem Selbstmord führte.“

„Ich weiß.“ Mir wurde übel, als ich darüber nachdachte. Der schicke Grabstein hätte so etwas niemals wiedergutmachen können. Wenn es tatsächlich so gewesen war, konnte Mabel so lange um Vergebung ihrer Sünden flehen, wie sie wollte. Ich fand ihre Taten unverzeihlich.

„Vielleicht waren beide Schwestern ein bisschen wild und Evie sah einfach nicht, wie Mabel wirklich war, weil sie ihre Freundin war und es besser verbarg als Lucille. Vielleicht habe ich den Bericht des Gerichtsmediziners falsch ausgelegt und Lucille war *keine* Jungfrau mehr, als sie starb.“

Das Handy des Richters piepte und er blickte auf den Bildschirm. „Oder vielleicht war der Gerichtsmediziner im Jahr 1926 ein kompletter Vollidiot und wusste nicht, wie ein intaktes Jungfernhäutchen aussieht. Ich werde den Bericht mit in unser Leichenschauhaus nehmen und herausfinden, ob wir etwas übersehen haben. Ich kann einfach nicht glauben, dass Mabel zu so viel Boshaftigkeit fähig war.“

Das konnte ich auch nicht.

17

„A lso", sagte Richter Beck, als er wie gewohnt mit einer Kiste voller Akten in den Händen durch die Tür kam. Er schien eindeutig darauf zu brennen, mir die Neuigkeiten mitzuteilen.

„Also? Ich nehme an, Sie waren am Nachmittag im Leichenschauhaus und haben dem Gerichtsmediziner Lucilles Autopsiebericht gezeigt."

„Genau. Es ist durchaus möglich, dass Lucille Jungfrau war. Wer auch immer die Autopsie durchgeführt hat, muss ein bisschen prüde gewesen sein, denn die Formulierung ist sehr vage. Aber mit intaktem Beckenbereich war vermutlich gemeint, dass sie unberührt war. Phil meinte, es sei möglich, dass die beiden erwischt wurden, bevor es zur Penetration kam."

„Oder es war jemand anderes", fügte ich hinzu.

„Oder es war jemand anderes." Der Richter stellte seine Kiste hin. „Ich kann es immer noch nicht glauben. Es wäre nicht nur Mabel gewesen, die die Schuld auf ihre Schwester abgeschoben hätte, sondern auch dieser Silas."

Ich konnte es auch immer noch nicht glauben. Dass eine schwangere verängstigte Mabel zugestimmt hatte, Harlen zu heiraten, und ihre Schwester weggeschickt hatte, konnte ich mir vorstellen, aber nicht so etwas. Es war einfach zu schrecklich.

„Das ist noch nicht alles", sagte Richter Beck. „Phil sagte, dass aufgrund des Autopsieberichts Mord und nicht Selbstmord als Todesursache hätte aufgeführt werden sollen."

Ich blinzelte ein paar Mal. „Wie bitte? Wie meinen Sie das? Sie hatte keine Wunden. Was meinen Sie mit Mord?"

„Phil sagte, sie habe Dreck unter den Fingernägeln gehabt, was auf Abwehrverletzungen hindeute, außerdem habe sie petechiale Blutungen gehabt, die entstanden seien, weil sie unter Wasser gehalten und gewürgt wurde, und instinktiv Wasser einatmete und ertrank, als der Mörder sie losließ."

Meine Gedanken strömten plötzlich in eine ganz andere Richtung. Ermordet. Jemand hatte Lucille ermordet und es wie einen Selbstmord aussehen lassen. Aber wer käme als Täter in Frage? Mabel, weil sie befürchtete, dass Lucille sie verpetzen würde, besonders, wenn sie hätte beweisen können, dass nicht sie diejenige gewesen war, die sich an dem Abend mit Silas im Park getroffen hatte? Oder der Vater, der wütend auf sie war, weil sie nach dem Rausschmiss in der Stadt geblieben war? Oder Silas? Oder Silas' Frau?

Ein verheirateter Mann, über dessen Affäre in der Klatschspalte berichtet worden war. Seine Frau hätte ihm erst geglaubt, dass die Affäre vorbei war, wenn Lucille tot war. Er hätte sich weiterhin mit Mabel treffen können, ohne dass jemand etwas davon erfuhr.

Oder seine Frau – eine große, stämmige, starke Frau, die

Lucille ertränkte, weil sie dafür sorgen wollte, dass ihr Mann nicht wieder vom Weg abkam.

Ich zog meinen Laptop heraus und beschloss, dass der Braten noch ein wenig länger im Ofen bleiben konnte. Ich setzte mich an den Tisch, rief das Zeitungsarchiv auf und gab „Silas Albright" ins Suchfeld ein.

Da war die vernichtende Klatschspalte, die die Indiskretion im Park beschrieb. Dann wurde sein Nachruf angezeigt. Im März. Ich starrte auf das Datum und fragte mich, was vor neunzig Jahren passiert war. März. Lucille starb im Juni, demnach konnte Silas nicht ihr Mörder sein. Seine Frau hätte keinen Grund gehabt, Lucille drei Monate nach dem Tod ihres Mannes zu ermorden. War es Lucilles Schwester gewesen? Ihr Vater? Hatte sie sich aus Verzweiflung der Prostitution oder einer anderen illegalen Tätigkeit zugewandt, die zu ihrem Mord führte? Ich schielte zum Geist hinüber, der in der Ecke schwebte, und wünschte mir einmal mehr, er würde es mir verraten.

Vielleicht war es an der Zeit, Olive anzurufen. Wenn ich Mabel gezielte Fragen stellte, würde sie mir vielleicht verraten, was passiert war, und mir sagen, was ich tun musste, damit sie endlich ins Jenseits übertrat und aus meinem Wohnzimmer verschwand.

Ich würde Daisy später eine SMS schicken. In der Zwischenzeit klickte ich auf Silas Albrights Nachruf und fiel fast vom Stuhl. Direkt vor mir erschien ein Bild eines sehr gut aussehenden Mannes. Die Ähnlichkeit zwischen ihm und Eleonore, die ich auf dem Hochzeitsfoto gesehen hatte, das Maurice mir gezeigt hatte, war nicht zu leugnen.

Es war schwer zu sagen, ob Lucille noch Jungfrau gewesen war, aber es war klar, wer Eleonores Vater gewesen war. Wenn Mabel mit Silas Albright geschlafen hatte, hatte sie nicht nur Harlen Hansen getäuscht, sondern *tatsächlich* ihrer Schwester die Schuld für ihre nächtlichen Aktivitäten im Park in die Schuhe geschoben.

Ich warf einen Blick auf Evies Tagebücher. Wie konnte sie nur so blind gewesen sein? Sie wusste, dass Mabel unehelich schwanger gewesen war. Hatte Mabel ihrer besten Freundin nichts von Silas erzählt? Hatte sie nicht gestanden, dass sie sich mit ihm im Park getroffen hatte? Evie musste es gewusst haben. War sie eine genauso schreckliche Person wie Mabel gewesen?

Ich speicherte das Bild von Silas und las den Nachruf. Mein Magen zog sich mit jeder Zeile mehr zusammen. Er war fünfundzwanzig Jahre alt und verheiratet gewesen, hatte keine Kinder gehabt. Er hatte bei „Edwin's Tool and Dye" gearbeitet und die Milford Highschool abgeschlossen. Aber der Nachruf war nicht das einzige Dokument über Silas Albright, das ich im Zeitungsarchiv fand. Eine Woche vor dem Nachruf war ein Zeitungsartikel erschienen, in dem stand, Silas Albright sei genau im selben Park, in dem er mit Lucille - oder Mabel - Stevens entdeckt wurde, zu Tode geprügelt worden. Ein Raubüberfall. Den Schürfwunden an seinen Knöcheln nach zu schließen hatte er sich gewehrt. Aber so sehr ich auch weiterforschte, ich fand keinen Hinweis darauf, dass sein Mörder je gefasst wurde.

Ich stand auf und ging zu Richter Beck in die Küche. „Hey, denken Sie, Ihre Rechtsassistentin könnte sich einen ungelösten Mordfall im März 1926 genauer ansehen? Silas Albright. Er wurde im Freedom Park ausgeraubt und zu Tode geprügelt."

„Klar. Silas Albright war der verheiratete Liebhaber von mindestens einer der Stevens-Schwestern, nicht wahr?"

„Genau. Sieht so aus, als wäre es Mabel gewesen. Eleonore war ihm wie aus dem Gesicht geschnitten. Er starb im März, drei Monate vor Lucille."

Richter Beck sah angewidert aus. „Ich dachte, ich würde Mabel mögen, aber jetzt hasse ich sie. Sie hat eine Affäre mit einem verheirateten Mann und schiebt ihrer Schwester die Schuld in die Schuhe. Dann verlobt sie sich, trifft sich weiterhin mit dem verheirateten Mann und heiratet Harlen, bevor er überhaupt merkt, dass sie schwanger ist. Was für eine schreckliche Frau."

„Ich weiß. Ich hoffe immer noch, dass ich auf etwas stoße, das Mabel entlastet, aber je tiefer ich grabe, desto schlimmer wird die ganze Sache."

„Graben Sie weiter", sagte der Richter. „Ich kümmere mich um den Braten und mache uns einen Salat. Meine Rechtsassistentin ist erst am Montag wieder im Büro und ich glaube nicht, dass ich so lange warten kann, den Rest der Geschichte zu erfahren."

Ich auch nicht. Ich wirbelte herum, ging zum Esstisch zurück und schlug Evies Tagebuch aus dem Jahr 1926 auf. Ich übersprang den ersten Teil und ging direkt zu dem Einträgen im Juni, in denen es um Lucilles Tod, die Hochzeit und die Schwangerschaftsmonate ging.

An dem Tag, an dem Silas' Leiche gefunden wurde, hatte Evie geschrieben, Mabel sei vorbeigekommen und sehr aufgebracht gewesen. Sie habe ihr nicht verraten, warum, jedoch am Ende ihres Besuches zu Evie gesagt, dass sie Harlen Hansen heiraten würde.

Moment mal. Mabel hatte sich im Januar mit Harlen Hansen verlobt. Hatte sie die Verlobung gelöst? Oder vorgehabt, sie zu lösen, und nach dem Tod von Silas keinen Grund mehr gehabt, Harlen zu verschmähen? Im März hätte Mabel noch nicht gewusst, dass sie schwanger war. Es wäre zu früh gewesen.

Ich betrachtete das Tagebuch und erkannte, dass ich nicht länger von Eintrag zu Eintrag springen konnte, sondern das ganze Buch von vorne bis hinten lesen musste, um sicherzugehen, dass ich nichts Wichtiges übersah.

Ich blieb bis nach Mitternacht auf und gab Richter Beck kleine Updates, während er die Reste des Abendessens wegräumte, das Geschirr spülte und sich dann vor seine eigenen Akten setzte. Als ich schließlich mit Taco im Arm die Treppe hinaufstieg, war ich erschüttert über das, was das Tagebuch aufgedeckt hatte. Ich wusste, dass es Richter Beck genauso gehen würde. Mabel Stevens hatte Evie erzählt, sie habe ihre Verlobung mit Harlen im Februar gelöst, nachdem sie erst einen Monat verlobt gewesen waren. Sie hatte ihrer Freundin erzählt, sie habe sich in jemand anderen verliebt, den sie nicht vergessen könne, und es nicht fair gefunden, Harlen zu heiraten, wenn sie ihn nicht liebte.

Das hatte nicht in der Zeitung gestanden. Vermutlich hatten sowohl Harlen als auch Mabels Vater gehofft, sie würde ihre Meinung ändern. Das hatte sie auch getan, gleich nachdem Silas Albright ermordet worden war. Vielleicht war es nur ein trauriger Zufall gewesen, aber irgendwie hatte Harlen Glück gehabt, dass sein Rivale - verheiratet oder nicht - ausgeschaltet wurde und er Mabel doch noch für sich gewinnen konnte. Der Schuss ging nach hinten los, da sie ihn zwar heiratete, er jedoch gezwungen war, das Kind eines anderen Mannes großzuziehen. Es sah immer mehr danach aus, dass er der Mörder war.

Und da war noch etwas anderes. Ein paar Wochen vor ihrer Hochzeit, bevor Lucille ertrank, hatte Mabel Evie einen versiegelten Umschlag gegeben und sie angewiesen, ihn sicher aufzubewahren und erst nach ihrem Tod zu öffnen. Ich hatte das ganze Tagebuch durchgeblättert, jedoch keinen Umschlag gefunden. Hatte Evie ihn zerstört? Hatte Mabel ihn Jahre später wieder zurückgefordert? Ich hatte keine Ahnung, wo dieser Umschlag war, aber ich wurde das Gefühl nicht los, dass sich darin die ganze Geschichte befand, der Grund, warum Mabels Geist gehört werden wollte.

18

Daisy und ich standen gleich nach unserem Morgen-Yoga mit einem Apfelstreuselkuchen vor Suzettes Haustür. Ich hatte nicht viel Zeit, da ich mit den Vorbereitungen für das Grillfest beginnen musste, aber ich wollte unbedingt wissen, ob Suzette etwas von diesem versiegelten Umschlag wusste, den Mabel ihrer Urgroßmutter gegeben hatte.

Meine Nachbarin öffnete die Tür im Schlafanzug. Ihr Haar war zu einem Pferdeschwanz zusammengebunden. Sobald sie den Apfelstreuselkuchen sah, ließ sie uns eintreten und begann sofort, eine Kanne Kaffee zu brühen, während ich sie darüber informierte, was ich alles aus Evies Tagebüchern erfahren hatte.

„Ich erinnere mich, dass mein Großvater mir als Kind erzählt hat, er habe jemanden gefunden, der im Teich ertrunken war", sagte sie und stellte Tassen und Teller auf den Tisch.

„Wollte er deshalb nicht, dass wir als Kinder in seinem Teich schwammen?", fragte Daisy.

„Wahrscheinlich", sagte Suzette. „Er sagte, die Frau müsse ermordet worden sein, da der Teich in diesem Sommer aufgrund einer Trockenperiode nicht tiefer als anderthalb Meter war. Und er war überzeugt, am Abend zuvor Leute dort draußen gehört zu haben. Sein Schlafzimmer war im Dachgeschoss und dort oben wurde es sehr heiß. Er sagte, er habe durch das offene Fenster gehört, wie sich jemand gestritten und im Wasser herumgeplanscht habe. Am nächsten Morgen habe er die Leiche entdeckt, als er die Enteneier einsammelte."

„Warst du nicht erst sieben, als er starb?", fragte Daisy. „Ziemlich hart, als kleines Kind von einer solchen Geschichte zu erfahren."

„Na ja, es war wohl auch ziemlich hart für ein Kind, eine Leiche im Teich zu finden", entgegnete Suzette. „Eines Tages haben wir den Steg zusammen repariert und ich habe ein Nest mit Enteneiern gefunden. Das hat ihn vermutlich an die Geschichte erinnert und er hat sie mir erzählt. Er war ein großartiger Geschichtenerzähler. In einer davon hat er das Kuchen-Wettessen auf dem Jahrmarkt gewonnen, um meine Großmutter zu beeindrucken, nur um sich zehn Minuten später direkt vor ihr zu übergeben."

Daisy schnaubte. „Männer. Nur ein Mann kommt auf die Idee, eine Frau dadurch beeindrucken zu wollen, so schnell wie möglich so viel wie möglich in sich hineinzustopfen."

„Ich hatte schon immer eine Schwäche für Meisterleistungen in der Wettbewerbsgastronomie", sagte ich so trocken wie möglich zu Daisy.

„Also ich mag Männer, die Kuchen mögen." Suzette beäugte den Kuchen auf dem Tisch. „Zum Beispiel Apfelstreuselkuchen. Oder Lebkuchen, wie den, den du neulich vorbeigebracht hast. Ich schäme mich nicht für den Genuss leckerer Backwaren."

Daisy hielt abwehrend die Hände hoch. „Okay, ich gebe mich geschlagen, ihr Schlemmermäuler. Hat dein Großvater in seinem Leben noch andere bedeutsame Dinge getan, außer schnell Kuchen zu essen und Mordopfer zu finden?"

Suzette schenkte uns Kaffee ein, schnitt den Kuchen an und setzte sich. „Lass mich überlegen ... er war ziemlich geschickt im Murmeln spielen, als er jung war. Ich habe immer noch Behälter mit Murmeln, die er gewonnen hat. Und er wusste, wie man Schweine schlachtet, obwohl seine Eltern keine Schweine mehr hatten, nachdem sie den Großteil des Grundstücks verkauften. Oh, und er hatte eine schöne Tenor-Stimme. Oma hat immer gesagt, sie habe ihn deswegen geheiratet."

„Nicht, weil er so viel Kuchen essen konnte?", fragte ich neckend.

Sie lächelte und legte große Stücke Kuchen auf die Teller. „Ich kann mich gut daran erinnern, wie er mir abends vorgesungen hat, manchmal auch Oma, wenn ich schon im Bett war. Er hatte eine schöne Stimme. Ich wünschte, ich hätte sie geerbt. Stattdessen scheine ich nur seine Vorliebe für Kuchen von ihm geerbt zu haben."

„Es gibt bestimmt Schlimmeres." Ich aß ein paar Bissen von dem Kuchen, der ziemlich gut geworden war, wie ich zugeben musste. Ich hoffte einfach, dass der Zitronenkuchen für das Grillfest am Abend genauso gut schmecken würde.

„Eigentlich wollte ich dir ein paar Fragen über deine Urgroßmutter stellen", sagte ich zu Suzette, nachdem wir uns alle ein zweites Stück Kuchen genommen hatten. „In einem ihrer Tagebücher steht, Mabel habe ihr 1926 kurz vor ihrer Hochzeit mit Harlen Hansen einen versiegelten

Umschlag gegeben und deine Urgroßmutter angewiesen, ihn erst nach ihrem Tod zu öffnen. Weißt du irgendetwas davon?"

Suzette hörte abrupt auf zu kauen. „Ein Umschlag? Ich habe nichts gefunden, als ich das Haus nach dem Tod meiner Großmutter durchsuchte. Aber Urgroßmutter Evie starb 1945, lange vor ihrer Freundin Mabel. Wenn Mabel sie anwies, den Umschlag nicht zu öffnen, hat sie es bestimmt auch nicht getan. Nicht wie ich. Ich wäre neugierig gewesen, hätte ihn mit Dampf geöffnet und reingeschaut."

„Oh, das hätte ich auch getan", warf Daisy ein.

Ich auch. Vielleicht. Wenn Daisy mir einen solchen Umschlag gegeben hätte, hätte ich meine Neugier wahrscheinlich nicht überwinden können. Außerdem hätte ich wissen wollen, ob meine Freundin Hilfe brauchte, auch wenn sie mir normalerweise alles sagte, was ich wissen musste.

Ich wollte mir zwar einreden, dass ich meiner Freundin vertraut und sogar befürchtet hätte, dass der Umschlag etwas enthüllen könnte, das für immer ein anderes Licht auf sie werfen würde. Manche Dinge blieben besser im Verborgenen.

„Was ist mit den Sachen deiner Urgroßmutter passiert, als sie starb?", wollte ich wissen.

„Ich war damals noch nicht geboren, aber ich weiß, dass Sarah, ihre Tochter und meine Großmutter, eine Kiste mit ihren Sachen hatte. Es befanden sich die Tagebücher darin und ein paar Schmuckstücke, die Evies Mann ihr im Laufe der Jahre geschenkt hatte. Ein paar Bilder. Und ein Haarzopf."

Ein Haarzopf. Ich erinnerte mich, dass Evie ihre Mutter bedrängt hatte, ihr zu erlauben, ihr langes Haar modisch kurz schneiden zu lassen, und stellte mir vor, dass sie den Haarzopf als Erinnerungsstück aufgehoben hatte.

„Mabel hat noch gelebt, als deine Urgroßmutter starb. Ich nehme an, sie kam zur Beerdigung. Deine Großmutter Sarah und Mabels Tochter Eleonore standen sich sehr nahe, vielleicht hat Sarah ihr den Umschlag zurückgegeben, da er Mabels Handschrift trug.“

„Schon möglich“, sagte Suzette. „Wenn auf der Vorderseite des Umschlags stand, dass er nicht geöffnet werden sollte, hätte sie es nicht getan. Urgroßvater Howard starb erst 1967, aber seine Tochter hätte ihm bestimmt geholfen, Evies persönliche Sachen auszusortieren. Und wenn der Umschlag in den Tagebüchern war, kann es gut sein, dass er erst Jahre nach Evies Tod entdeckt wurde. Wenn überhaupt.“

„Ich habe alle Tagebücher durchgesehen, da war er nicht drin“, sagte ich zu Suzette. „Ich kann mir nicht vorstellen, dass Evie ihn woanders aufbewahrt hätte, wenn er persönliche Informationen enthielt. Denkst du, dass Mabel ihn nach Evies Tod zurückgefordert hat? Oder vielleicht schon nach Harlens Tod?“

Harlen war nur wenige Monate vor Evie gestorben. Wenn ich recht hatte und Harlen Silas ermordet hatte, hätte Mabel nichts mehr zu befürchten gehabt.

Der Gedanke, dass Mabel einen Mann heiratete, der sehr wahrscheinlich ihren Geliebten ermordet hatte, ließ mich erschaudern.

„Das ist gut möglich. Sie waren sehr eng befreundet. Ihre Töchter auch. Howard hätte bestimmt nicht gezögert, Mabel einen Umschlag zurückzugeben, der einen Brief enthielt, den sie seiner Frau vor Jahren geschrieben hatte.“

Mabel hätte den Brief bestimmt vernichtet. Harlen war tot. Ihre Tochter hätte nichts von ihrer Unehelichkeit erfahren müssen oder davon, dass der Mann, den sie für ihren Vater hielt, sehr wahrscheinlich ein Mörder war. Aber wenn sie den Brief vernichtet hatte und die Vergangenheit ruhen lassen wollte, warum sollte sie dann Jahrzehnte nach ihrem Tod immer noch an einem Möbelstück, einem Familienerbstück, haften?

Wir lenkten das Gespräch auf angenehmere Themen, sprachen über Suzettes Renovierungsarbeiten an dem alten Bauernhaus, fragten uns, ob Harry Peters Neffe vorhatte, das Haus seines Onkels zu verkaufen, nachdem er alles durchgesehen hatte, oder ob er selbst einziehen würde, wer wohl die diesjährige Regatta gewinnen würde und ob Bob Simmons dieses Jahr von Thanksgiving bis Neujahr wieder Dutzende von aufblasbaren Tieren in seinem Garten aufstellen würde.

Ich ließ die spärlichen Überreste des Apfelstreuselkuchens bei Suzette und sagte, ich würde sie am Abend beim Grillfest sehen. Dann verabschiedete ich mich von Daisy, als wir an ihrem Haus vorbeigingen. Ich bemerkte, dass das Auto von Richter Beck nicht in der Einfahrt stand, als ich die Stufen zu meiner Haustür erklomm. Er war am Vormittag Golf spielen gegangen und ich würde ihm die wenigen Neuigkeiten, die ich von Suzette erfahren hatte, erst später erzählen können. Ihr Großvater hatte bestätigt, dass Lucille ermordet worden war und sich nicht das Leben genommen hatte. Aber wir hatten den Brief, den Mabel geschrieben hatte, immer noch nicht gefunden.

Hatte sie ihn zerstört? Wenn nicht, wäre er nach ihrem Tod bestimmt gefunden worden, ihre Tochter hätte ihn gelesen und Matt hätte gewusst, wer Eleonores leiblicher Vater war und über Silas Albrights Schicksal Bescheid gewusst.

Wo war der Umschlag? Ich hatte so ziemlich jede andere

Möglichkeit ausgeschöpft. Wenn der Umschlag unauffindbar war oder versehentlich vernichtet wurde, hatte Mabel ihr Geheimnis mit ins Grab genommen. Ich war nicht einmal sicher, ob Olive Mabels Geist dazu bringen konnte, uns zu sagen, was sie all die Jahre geplagt hatte.

19

Richter Beck kam beinahe zu spät zu seiner eigenen Party. Daisy, Will und Kat waren bereits da und halfen mir, das Essen in den Garten zu tragen und Stühle aufzustellen, als er durch das Hintertor kam. Er hatte eine Tasche mit Golfschlägern umgehängt und hielt eine Mappe in den Händen.

„Sie haben aber lange Golf gespielt", neckte ich ihn, als er die Schläger gegen die Hauswand lehnte.

„Ich bin am Gerichtsgebäude vorbeigefahren und habe mich tatsächlich ins Archiv im Keller gewagt. Ich wollte mehr über den Mord an Silas Albrecht herausfinden", sagte er und reichte mir die Mappe.

Es befand sich nur ein einziges Dokument darin – eine Kopie eines verblassten Formulars.

„Was ist das?" Ich hatte gehofft, dass er herausgefunden hatte, wer des Mordes an Silas Albright angeklagt worden war und ob diese Person irgendeine Verbindung zu Harlen Hansen gehabt hatte, aber das Dokument sah nicht wie ein Polizeibericht aus.

„Ein vorläufiger Antrag für ein Scheidungsverfahren",

verkündete er. „Im Februar 1926 reichte Silas Albright dieses Formular ein. Es gibt noch andere Dokumente, die darauf hinweisen, dass er bis zu seinem Tod im März in ein Scheidungsverfahren verwickelt war. Ich wollte Kopien der Dokumente anfertigen, aber der Mikrofiche-Drucker fraß sich fest und im Jurastudium lernt man nicht, wie man solche Geräte repariert. Am Montag werde ich Deanna bitten, die Dokumente zu kopieren."

So tragisch diese ganze Geschichte auch war, ich spürte, wie mich eine Welle der Erleichterung erfasste. Mabel hatte mit Silas Schluss gemacht, sich mit Harlen verlobt und versucht, ihr Leben auf die Reihe zu kriegen, aber sie war verliebt. Im Februar löste sie die Verlobung mit Harlen und Silas reichte die Scheidung ein. Wenn er nicht getötet worden wäre, hätte Mabel ihn zweifellos geheiratet und obwohl Eleonore wahrscheinlich zur Welt gekommen wäre, bevor die Tinte auf ihrer Heiratsurkunde trocken war - sie wären zusammen gewesen.

Aber Silas war in einem Park getötet worden, angeblich während eines Raubüberfalls, und Mabel, die am Boden zerstört gewesen sein musste, war nichts anderes übriggeblieben, als Harlen zu heiraten. Das bedeutete zwar immer noch, dass sie möglicherweise versucht hatte, Harlen das Kind eines anderen Mannes und ihrer Schwester die Schuld für ihre Indiskretion mit Silas unterzujubeln, aber immerhin hatte sie ihren Verlobten nicht betrogen.

Und ich vermutete, dass Harlen eifersüchtig gewesen war und seinen Rivalen getötet hatte. Vielleicht lag ich falsch. Es geschah oft, dass Raubüberfälle tödlich endeten. Oder vielleicht hatte Silas' Frau wütende Verwandte, die Silas eine Lektion für die Scheidung erteilen wollten, aber Harlen war definitiv ein Verdächtiger.

Und wenn er Silas getötet hatte, hätte er dann nicht

auch Lucille töten können? Aber warum? Nachdem Silas aus dem Weg geräumt worden war, hätte niemand einen Grund gehabt, Lucille umzubringen. Außer vielleicht Mabel, aber ich weigerte mich, so über sie zu denken. Ich verzog das Gesicht bei dem Gedanken, dass sowohl Harlen als auch Mabel Mörder gewesen sein könnten. Evie mochte ihre Freundin vielleicht durch eine rosarote Brille gesehen haben, aber ich bezweifelte, dass Mabels fröhlicher Optimismus hätte verschleiern können, dass eine Mörderin in ihr steckte.

Es sah so aus, als wäre ich mit meinen Nachforschungen in eine Sackgasse geraten. Und ich hatte eine Party mit Gästen, die in weniger als einer halben Stunde ankommen würden. Ich scheuchte Richter Beck mit seinen Golfschlägern ins Haus, steckte die Mappe in meine Aktentasche und holte meinen Zitronenkuchen aus dem Kühlschrank, um die Glasur aufzutragen.

Die Party war bereits in vollem Gange, als Matt endlich ankam. Alle Nachbarn waren da, J.T. und meine Freunde Carson und Maggie auch. Sogar Olive war gekommen und hatte hausgemachte Sangria mitgebracht. Wir wechselten uns alle am Grill ab und Richter Beck unterhielt sich fröhlich mit Suzette, als ich Matt entdeckte, der einen langen Plastikbehälter in der Hand hielt.

„Ich weiß, dass Sie gesagt haben, ich solle nichts mitbringen, aber ich wollte nicht mit leeren Händen kommen", gestand Matt und reichte mir eine Platte mit russischen Eiern.

„Lecker." Ich stellte sie auf einen Tisch und steckte mir sofort eines in den Mund. Sie schmeckten köstlich; cremig mit einem leicht würzigen Senfgeschmack und einer großzügigen Prise „Old Bay Seasoning". „Ich werde Sie gleich allen vorstellen, aber zuerst: Bier oder Wein?"

„Bier, bitte.“

Ich führte ihn zu der Kupferwanne. Er beäugte die Auswahl, wählte eine Flasche aus und öffnete sie. Dann machten wir die Runde und ich war überrascht, dass einige meiner Nachbarn Matt bereits von Veranstaltungen des Veteranenvereins her kannten. Gerade, als ich ihn bei Daisy lassen und das Eis auffüllen wollte, kam Richter Beck auf uns zu.

„Matt, das ist mein Mitbewohner, Richter Nathanial Beck“, sagte ich.

„Nate“, sagte der Richter und streckte Matt die Hand entgegen. „Sie müssen Matt Poffenberger sein. Kay hat erwähnt, dass Sie kommen würden.“

„Ihr Mitbewohner?“ Matt schien sich ziemlich darüber zu wundern. Ich wusste, dass ich ihm gesagt hatte, dass das Grillfest dafür gedacht war, den Nachbarn meinen neuen Mitbewohner vorzustellen. Vielleicht hatte er angenommen, ich würde von einer Frau reden.

„Für ein paar Jahre, bis er sich ein eigenes Haus kauft“, sagte ich zu Matt. Ich hatte keine Lust, auf die persönlichen Angelegenheiten des Richters einzugehen.

„Sie zählen wohl schon die Tage, Kay“, sagte Richter Beck neckend. „Bestimmt, weil ich Ihren Esstisch in einen Arbeitsplatz verwandelt habe, nicht wahr?“

Ich verdrehte die Augen. „Ja, weil dort sonst so viele formelle Abendessen stattfinden. Nein, ich zähle die Tage nicht. Ich dachte nur, Sie würden bestimmt Ihr eigenes Haus wollen, wenn die Dinge geklärt sind.“

Er drehte sich mit einem wissenden Grinsen zu Matt um. „Dann fange ich wohl besser an zu suchen. Wo ist Carson? Ich werde ihn bitten, nach passenden Optionen Ausschau zu halten. Ein paar Jahre sind schnell vorbei.“

Er hatte recht. Und mein Haus würde wieder furchtbar

leer sein ohne Richter Beck und seine Kinder, die mir Gesellschaft leisteten.

„Nächstes Jahr wird auf der Ostseite von Milford ein neues Bauprojekt in Angriff genommen", sagte Matt. „Eine Golfplatzgemeinschaft. Sie spielen doch bestimmt Golf, nicht wahr?"

„Ja, das stimmt." Richter Beck sah sich mit einem liebevollen Lächeln im Garten um. Schließlich wandte er den Blick auf mich. „Obwohl es mir hier wirklich gut gefällt. Ich könnte einfach warten, bis in dieser Straße ein Haus zum Verkauf steht. Es würde Ihnen hoffentlich nichts ausmachen, mich noch ein bisschen länger zu erdulden, Kay. Ich verspreche, den Esszimmertisch mit Ihnen zu teilen."

„Sie können so lange bleiben, wie Sie wollen", entgegnete ich. Zwei Jahre. Fünf Jahre. Ein paar Jahrzehnte. So lange er wollte.

„Ich glaube, ein Haus inmitten eines Golfplatzes würde besser zu Ihnen passen", sagte Matt.

„Schon möglich, aber ich würde mich freuen, wenn Sie in dieser Gegend bleiben würden", sagte ich und wandte mich dann Matt zu. „Die Kinder des Richters sind mir sehr ans Herz gewachsen. Es wäre toll, wenn sie in der Nachbarschaft bleiben würden."

„Die Kinder mögen Sie auch sehr, Kay", fügte Richter Beck hinzu.

„Spielen Sie Golf, Matt?", frage ich und überlegte, ob ich meine alten Golfschläger vom Dachboden holen und sie abstauben sollte.

„Ich habe schon seit Jahren nicht mehr gespielt, aber ich koordiniere die Turnier-Spendenaktion bei ‚Oak Grove Links'. Das bringt am meisten Gewinn für die Kinderkrebsabteilung im Krankenhaus von Milford ein."

„Ich nehme jedes Jahr an diesem Turnier teil", warf

Richter Beck ein. „Ein paar von uns im Gerichtsgebäude haben letztes Jahr ein Loch gesponsert."

„Würden Sie mir dieses Jahr bei der Spendenaktion helfen, Kay?", fragte Matt und drehte sich zu mir um. „Wir können immer Leute gebrauchen, die Unternehmen anrufen und fragen, ob sie ein Loch sponsern wollen, und versuchen, zusätzliche Preise zusammenzutrommeln."

Ich hatte mir eine Beschäftigung gewünscht, die mich von Eli ablenken und mir erlauben würde, mich mehr in die Gemeinschaft einzubringen und ein etwas sozialeres Leben zu führen. Das wäre perfekt.

„Sehr gerne." Es schwirrten bereits Gewinnideen und die Namen potenzieller Geldgeber in meinem Kopf herum. „Bitte entschuldigt mich, ich muss die Eiswürfel aus dem Gefrierschrank holen und mich ein bisschen unter die Leute mischen."

Ich ließ die beiden stehen, füllte die Eiskübel auf, übernahm eine Runde am Grill und unterhielt mich mit Suzette und Kat übers Stricken und Häkeln. Kurz darauf machten sich die Leute auf den Heimweg und ließen viel zu viel Essen und alkoholische Getränke zurück. Ich winkte dem letzten Gast zum Abschied zu und ging in den Garten zurück. Richter Beck war dabei, die Tische abzuwischen.

„Vielen Dank", sagte er lächelnd. „Es ist schon eine halbe Ewigkeit her, seit ich auf einer Party war."

„Ich hoffe, Bob Simmons hat Sie mit seiner Rede über die Geschichte von Locust Point nicht allzu sehr gelangweilt", sagte ich und sammelte die leeren Weinflaschen ein.

„Überhaupt nicht. Und Ihr Freund Matt ist sehr nett. Er kommt nächste Woche zum Golfen."

Ich fühlte mich ein bisschen ausgeschlossen aus dieser Golfgeschichte. Vielleicht sollte ich meine Schläger suchen und Unterricht nehmen. Oder ich würde die Männer sich selbst überlassen und mit Daisy, Kat und Suzette auf der Veranda Wein trinken und stricken.

„Ich bin froh, dass Sie ihn mögen." Ich drückte ihm eine leere Weinflasche in die Hand und hakte mich bei ihm ein. „Lassen Sie alles andere stehen, ich räume später auf. Morgen ist ein großer Tag, Geburtstagskind."

Madison und Henry würden zurückkommen und die nächste Woche hier verbringen. Sie hatten ein besonderes Abendessen geplant. Wir gingen ins Haus und kurz bevor ich ins Bett ging, blieb ich vor dem Esszimmer stehen. Der Geist war immer noch da. Ich war zufrieden mit meinem Leben. Ich hatte den Mann geheiratet, den ich liebte, und obwohl ich ihn zu früh verloren hatte, hatte ich immer noch Freunde und Familie. Es gab trotz der Trauer immer noch sonnige Momente in meinem Leben. Momente, in denen ich so glücklich war, dass ich dachte, ich würde platzen.

Mabel hatte so viel verloren. Als ich daran dachte, was sie alles durchgemacht hatte, wurde mir klar, wie gesegnet mein Leben war.

20

Heather brachte die Kinder am Sonntag gleich nach der Kirche vorbei. Sie rannten durch die Tür, ließen ihre Rucksäcke fallen, riefen gleichzeitig „Alles Gute zum Geburtstag" und fielen ihrem Vater um den Hals. Heather stand etwas unbeholfen im Flur, informierte den Richter darüber, dass Henry zu einer Party eingeladen war, und wollte wieder gehen.

Sie blieb in der Tür stehen, drehte sich um und sagte: „Nate? Alles Gute zum Geburtstag."

Er blickte auf und sah sie emotionslos an. „Danke."

Dann wandte er sich wieder den Kindern zu und umarmte sie erneut. Heather senkte den Blick, rief Madison und Henry zu, dass sie sie nächste Woche sehen würde, und machte sich auf den Heimweg. Sie tat mir leid. Ich wusste, dass sie diejenige war, die die Scheidung wollte, aber sie schien genauso sehr unter der Situation zu leiden wie er. Und ich wusste, dass er hoffte, eines Tages ein zivilisiertes Gespräch mit ihr führen zu können, aber er war noch nicht bereit, ihr zu verzeihen und alles zu vergessen.

Aber jetzt war nicht der richtige Zeitpunkt, um über

zerbrochene Ehen nachzudenken. Wir hatten einen Geburtstag zu feiern und Madison musste einen Kuchen backen.

Die Kinder konnten es kaum erwarten, ihrem Vater ihre Geschenke zu geben. Sie rannten mit lautem Elefantengetrampel in ihre Zimmer und kamen kurz darauf mit ihren bunt verpackten Geschenken zurück.

„Das hier ist von uns beiden", verkündete Madison und übergab ihrem Vater ein Geschenk.

Ich setzte mich hin und sah neugierig zu. Heather war vor ein paar Wochen mit den Kindern einkaufen gegangen, was ich ihr hoch anrechnete. Es musste schwierig für sie gewesen sein, Geschenke für den Mann zu finanzieren, der bald ihr Ex-Mann sein würde.

Richter Beck riss das Geschenkpapier weg, öffnete eine Schachtel und zog eine Tasse heraus. Auf beiden Seiten stand in der Handschrift der Kinder „Ich liebe dich, Papa!" geschrieben. Madison hatte ihre Worte sogar mit einem roten Herz umrahmt.

„Danke schön. Sie gefällt mir sehr." Seine heisere Stimme verriet, dass sie ihm wirklich gefiel. Ich stellte mir vor, wie er seinen Morgenkaffee aus dieser Tasse trank und sie stolz in seinem Büro aufstellte. Oder vielleicht sogar im Gerichtssaal. Durften Richter im Gerichtssaal Kaffee trinken?

„Schau rein." Henry hüpfte aufgeregt auf und ab und zeigte auf die Tasse. Der Richter zog einen Zettel heraus und las laut vor, dass er Mitglied in einem Kaffee-des-Monats-Club geworden war.

Ooooh. Ich hoffte, dass diese Mitgliedschaft auch genug Kaffee für mich beinhaltete.

„Das hier ist auch von uns beiden", sagte Henry und reichte seinem Vater einen kleinen Umschlag.

Darin befand sich ein handgeschriebener Geschenkgutschein für zehn Autowäschen - von Madison und Henry - und ein weiterer Gutschein für ein „besonderes Frühstück im Bett".

Nach einer weiteren Umarmung teilte Madison ihrem Vater mit, dass er die Küche nicht betreten dürfe, und drehte sich lächelnd zu mir um. „Haben Sie die Zutaten besorgt, Miss Kay?"

„Natürlich." Ich hatte nicht nur die Zutaten für den Kuchen besorgt, sondern auch Steaks und Süßkartoffeln, die Henry am Abend unter Aufsicht grillen konnte.

Henry scheuchte seinen Vater mit einem Buch und einem Bier in den Garten, während Madison die Zutaten für ihren Kuchen zusammensuchte.

Sie hatte sich für einen klassischen Schokoladenkuchen mit Fudge-Glasur entschieden. Als ich die Küche betrat, hatte sie alle Zutaten ordentlich auf der Theke aufgereiht - ungesüßtes Kakaopulver, Kuchenmehl, Backpulver, Butter, weißen Zucker, braunen Zucker, Eier und Vanilleextrakt. In einem ersten Schritt wies ich sie an, Wachspapierkreise für die Böden der Kuchenformen zuzuschneiden und die Formen zu buttern. Sie maß den Kakao ab und gab ihn in eine Schüssel, verquirlte ihn mit heißem Wasser, bis es eine gleichmäßige Masse ergab, gab kaltes Wasser hinzu und stellte ihn beiseite. Dann siebte sie die trockenen Zutaten.

„Und jetzt schlägst du die Butter auf", sagte ich und reichte ihr den Mixer. Sobald sie gleichmäßig und hell aussah, löffelte sie langsam den weißen Zucker hinzu, dann den braunen.

Als Nächstes fügte sie die Eier und den Vanilleextrakt hinzu und mischte als letzten Schritt die trockenen Zutaten und den flüssigen Kakao unter die Masse. Sobald die

Kuchen im Ofen waren, wandten wir uns der Puddingfüllung und der Glasur zu.

Pudding selbst zuzubereiten war schwierig. Ich hatte Madison gebeten, diesen Teil des Rezepts zu überspringen und stattdessen zusätzliche Glasur auf die Kuchenschichten aufzutragen, aber sie hatte darauf bestanden, deshalb stellte ich das Wasserbad bereit und wies sie an, Milch, Sahne und Schokolade zu verquirlen, während ich Zucker, Maisstärke, Mehl und Salz bereitstellte. Dann zeigte ich ihr, wie man Klumpen vermied, indem man die trockenen Zutaten unter ständigem Rühren beifügte. Sobald die Füllung die Konsistenz von Pudding hatte, zeigte ich ihr, wie man das Eigelb temperierte, um zu verhindern, dass wir am Schluss Rührei in unserem Pudding hatten, und fügte es der Füllung hinzu. Als die Füllung fertig war, fügten wir Vanilleextrakt hinzu und ließen sie auf der Theke abkühlen, bevor wir sie in den Kühlschrank stellten.

Dann war es Zeit fürs Abendessen und ich überließ es Madison, die Fudge-Glasur zuzubereiten. Ich ging in den Garten hinaus, wo Richter Beck mit einem liebevollen Lächeln auf dem Gesicht auf einem Stuhl saß und seinem Sohn zusah, der an seiner Unterhaltungskonsole arbeitete und ihm von einem Videospiel erzählte. Ich heizte den Grill an und zeigte Henry, wie man die Süßkartoffeln und die gewürzten Steaks grillte.

Wir aßen, während die Kuchenböden abkühlten. Dann schnitt Madison sie in Schichten, bestrich sie mit Füllung und trug die Glasur auf, während ich mit dem Richter und Henry eine Runde „Go-Fish" spielte.

„Zeit für den Kuchen!" Madison trug ihr Meisterwerk ins Esszimmer und ich spürte, wie meine Brust vor Stolz anschwoll. Es war ein schwieriges Rezept gewesen und sie hatte nur wenig Anleitung gebraucht. Außerdem hatte sie die letzten Schritte ganz ohne Hilfe gemeistert.

„Er sieht toll aus", sagte Richter Beck. Ich hatte ihm erklärt, wie aufwändig dieses Rezept war, und wusste, dass er zu schätzen wusste, wie viel Mühe sie sich damit gegeben hatte.

„Lasst uns die schönen Teller benutzen", schlug Henry vor, rückte seinen Stuhl zurück und öffnete den Schrank.

„Und das Silberbesteck", fügte Madison hinzu. Sie ging zum Sideboard hinüber und zitterte leicht, als sie durch den Geist hindurchging, der nun allgegenwärtig neben dem Möbelstück schwebte. Die Schublade klemmte und sie zog etwas fester daran. Als sie schließlich aufsprang, flog das Besteck heraus und die Schublade fiel ihr aus der Hand. Sie landete mit einem Knall auf dem Boden.

„Miss Kay, es tut mir so leid!" Es glänzten Tränen in den Augen des Mädchens. „Ich habe sie kaputt gemacht. Sie ist kaputt."

Ich hob einen Teil der Schublade auf. „Es ist nicht schlimm", versicherte ich ihr, obwohl mein Herz sank, als ich die beiden Teile betrachtete. „Ein bisschen Holzleim und dann ist alles wieder gut. Siehst du? Die Seiten haben einen Kreuzversatz und werden nicht durch Nägel zusammengehalten. Wir leimen sie einfach wieder zusammen und befestigen den Boden, dann sieht sie wieder wie neu aus."

Eine Träne rollte über Madisons Wange und sie schniefte. „Sie hat geklemmt und ich habe zu fest daran gezogen. Es tut mir so leid, Miss Kay."

„Du hast es nicht absichtlich getan, Madison. Ich bin dir nicht böse. Ich werde sie später reparieren, zuerst müssen wir deinen leckeren Kuchen probieren. Wir werden einfach das normale Besteck benutzen."

Die Kinder rannten in die Küche und ich wandte mich von der kaputten Schublade ab und versuchte, nicht zu weinen.

„Ist es sehr schlimm, Kay?" Der Richter verzog das Gesicht. „Ich kann einen professionellen Schreiner beauftragen und für die Reparatur bezahlen."

„Ich werde mich später darum kümmern." Ich zwang mich zu einem Lächeln. „Lassen Sie uns jetzt einfach Madisons Kuchen genießen."

Wir genossen ihn tatsächlich. Wir verschlangen alle ein riesiges Stück und leckten anschließend praktisch unsere Teller sauber. Madison strahlte übers ganze Gesicht, als sie unser Lob hörte, und ich wusste jetzt schon, dass Daisy und ich am nächsten Morgen Kuchen zum Frühstück essen würden, weil er so lecker war. Als wir fertig waren, gingen Madison und Henry in die Küche und räumten die Spülmaschine ein, während Richter Beck und ich die kaputte Schublade begutachteten.

Ich hob die Seitenteile auf und Richter Beck sammelte das Silberbesteck ein. Es sah so aus, als könnten sie wieder zusammengeleimt werden, obwohl ein paar Stücke abgebrochen waren.

„Ich werde sie zu einem Schreiner bringen", sagte er. „Es ist ein wunderschönes Möbelstück, ich möchte sicherstellen, dass die Reparatur fachmännisch ausgeführt wird. Legen Sie die Teile einfach in eine Kiste, ich nehme sie morgen mit."

Er hatte recht. Sie sollten wirklich nicht mit Holzleim und Gummibändern zusammengeflickt werden. Ich dankte ihm und sammelte die Teile ein, während er das Besteck in die Küche trug. Und dann sah ich ihn. Am Boden der kaputten Schublade klebte ein Umschlag.

Mir liefen kalte Schauder über den Rücken. Ich blickte

auf und sah den schattenhaften Geist an meiner Seite, der eine unscharfe Hand auf das Sideboard legte. Ein Umschlag.

Der Umschlag. Er war vergilbt und spröde. Auf der Vorderseite stand mit verschnörkelter Handschrift: „Erst nach meinem Tode zu öffnen – Mabel Stevens".

Sie musste ihn nach dem Tod ihres Mannes – oder dem von Evie – zurückbekommen und im Sideboard versteckt haben. Ich war eine solche Idiotin. Mabel hatte sich nicht an das Sideboard geheftet, weil es ein Familienerbstück war, sondern, weil sie wollte, dass wir es uns genau ansahen. Oder eine der Schubladen aufzogen und die Unterseite betrachteten. Es juckte mir in den Fingern, den Umschlag zu öffnen, aber ich wollte den Brief erst lesen, wenn die Kinder im Bett waren. Und ich musste Richter Beck Bescheid sagen.

Ich ging mit dem Umschlag in der Hand in die Küche und zeigte ihn ihm.

„Ist das ...? Wo haben Sie ihn gefunden?"

„Er war am Boden der kaputten Schublade festgeklebt", erklärte ich. Er versuchte, ihn mir aus der Hand zu ziehen, aber ich versteckte ihn hinter dem Rücken. „O nein. Wir warten, bis die Kinder im Bett sind und dann lesen wir den Brief gemeinsam."

Er strahlte übers ganze Gesicht. „Zeit ins Bett zu gehen, Kinder."

Die beiden beschwerten sich entsetzt. Sie ließen sich erst nach drei weiteren Runden „Old Maid" und etwas heißem Kakao dazu überreden, in ihre Zimmer zu gehen. Während der Richter die Kinder ins Bett brachte, holte ich eine Flasche Champagner aus dem Kühlschrank, ließ den Korken knallen und trug sie ins Wohnzimmer, wo zwei Gläser und der Umschlag auf uns warteten. Ich ließ mich auf das Sofa plumpsen und schenkte den Champagner ein. Ich hatte keinen Zweifel daran, dass der Inhalt dieses Umschlags herzzerreißend sein würde, aber es ging mir nicht darum, die traurige Geschichte zu feiern, sondern die Tatsache, dass wir endlich herausfinden würden, was passiert war. Wir würden endlich das Geheimnis lüften, das Mabel die ganzen Jahre über gehütet hatte. Und ich hoffte, dass Mabel jetzt, wo wir ihren Brief gefunden hatten, endlich in Frieden ruhen konnte.

Ich hörte, wie Richter Beck die Treppe herunterkam und reichte ihm ein Glas Champagner, als er sich neben mir auf das Sofa setzte.

„Alles Gute zum Geburtstag." Ich erhob mein Glas und prostete ihm zu.

Er tat es mir gleich. „Ja, ja. Beeilen Sie sich und lesen Sie den Brief vor. Ich kann es kaum erwarten zu erfahren, was mit Mabel und Lucille passiert ist."

Ich trank einen Schluck und stellte mein Glas auf den Tisch, schob den Zeigefinger unter die Lasche des Umschlags und zog den Brief heraus.

10. März 1926

Liebste Evie,

ich weiß, dass Du mich für eine reine und schöne Person hältst, aber das ist leider nicht die Wahrheit. Es gibt Dinge, die ich Dir vorenthalten habe, weil ich nicht ertragen könnte, Deine Zuneigung und Freundschaft zu verlieren. Wenn Du diesen Brief liest, dann deshalb, weil ich tot bin und mir keine Sorgen mehr machen muss, Deinen Respekt zu verlieren, wenn die Wahrheit ans Licht kommt.

Letztes Jahr habe ich einen Mann kennengelernt und mich in ihn verliebt. Ich habe versucht, ihn zu vergessen. Ich habe versucht, mich von ihm fernzuhalten, weil er verheiratet ist und es eine schreckliche Sünde ist, einen Mann dazu zu bringen, sein Ehegelübde zu brechen. Ich habe es versucht, aber ich bin schwach und habe gesündigt. Es war nicht meine Schwester sondern ich, die in jener Nacht in den Armen von Silas Albright lag. Ich ging sofort nach Hause und vertraute mich Lucille an, die wusste, dass sie an meiner Stelle beschuldigt werden würde. Ich war bereit, Vater alles zu gestehen, mich seinem Zorn zu stellen und seine Bestrafung hinzunehmen, aber Lucille bot an, an meiner Stelle die Schuld auf sich zu nehmen. Sie war schon immer die Stärkere von uns beiden und hatte ohnehin vorgehabt, von zu Hause wegzulaufen. Sie hatte Freunde, deren Hilfe sie in Anspruch nehmen wollte und einen Verehrer, der um ihre Hand angehalten hatte. Außerdem hatte sie ein Stellenangebot – Vater hätte nichts von all dem jemals zugelassen, da er ihre Freunde und ihren Verehrer als unwürdig betrachtet hätte. Sie wusste, dass sie verstoßen werden würde, wenn sie weglief, deshalb erklärte sie sich bereit, die Schuld für die Sache mit Silas auf sich zu nehmen.

Ich schwor, dass ich Silas nie wiedersehen würde. Ich bin nicht so stark und unabhängig wie Lucille und habe keine Freunde, die mich aufgenommen hätten, wenn ans Licht gekommen wäre, dass ich eine Affäre mit einem verheirateten Mann hatte. Ich weiß, dass Du jetzt denkst, dass Du mir geholfen hättest, aber Du musst an Deine eigene Familie denken. Ich hätte niemals zugelassen, dass Du Deine Zukunft mit Howard aufs Spiel setzt, weil Du Dich zwischen Deinem makellosen Ruf und mir hättest entscheiden müssen.

Ich habe den Kontakt zu Silas abgebrochen und mich mit Harlen Hansen verlobt. Er war dieses Jahr der hingebungsvollste und aufmerksamste Verehrer und ich dachte, dass ich eine gute

Zukunft mit ihm haben würde. Ungefähr einen Monat nach der Verlobung habe ich festgestellt, dass Harlen eine Seite hat, die mich stört. Er ist eifersüchtig und besitzergreifend. Er kann unfreundlich und rachsüchtig sein. Wie ich Dir anvertraut habe, habe ich unsere Verlobung gelöst, aber er wollte es nicht akzeptieren und Vater auch nicht. Sie waren beide davon überzeugt, dass ich kalte Füße hatte und haben trotz meiner Einwände die Hochzeitsplanung fortgesetzt.

Ein paar Wochen, nachdem ich die Verlobung gelöst hatte, lief ich Silas über den Weg. Wir unterhielten uns und er gestand mir, dass er mich immer noch so sehr liebte wie ich ihn. Er erzählte mir, dass er die Scheidung beantragt und insgeheim gehofft habe, dass ich mit ihm durchbrennen würde, wenn die Scheidung rechtskräftig sei. O Evie, ich bin eine schwache Frau. Ich fiel in seine Arme und gab mich ihm erneut hin. Gestern Abend habe ich noch einmal mit Nachdruck zu Harlen gesagt, dass wir nicht mehr verlobt seien und ich ihn weder im Juni noch zu einem anderen Zeitpunkt heiraten würde.

Er wusste, dass ein anderer Mann im Spiel war und hat gesagt, er wisse, dass ich an diesem Abend mit Silas Albright zusammen gewesen sei und nicht Lucille. Er hat gesagt, er habe es als jugendlichen Leichtsinn abgetan. Er hat behauptet, mein Leben mit Silas würde düster aussehen, weil mein Vater mich verstoßen und jeder in der Stadt mich meiden würde. Er hat gesagt, Silas würde sehr wahrscheinlich seinen Job verlieren und mit mir woanders hinziehen müssen. Die Scheidung, die Untreue und die Rolle, die ich gespielt hätte, würde uns überallhin folgen. Wir würden in Schmutz und Elend am Rande der Armut leben.

Ich habe ihm zugehört und erkannt, dass er recht hat. Ich bin nicht so stark wie Lucille. Es wäre schwierig, ein solches Leben zu führen, und es würde mich zutiefst verletzen, von allen geächtet und verurteilt zu werden. Harlen hat gesagt, er würde mich trotzdem heiraten und mir verzeihen, wenn ich endgültig mit

Silas Schluss mache. Er hat mir ein luxuriöses Leben versprochen und gesagt, dass niemand einen Grund haben würde, mich zu verachten. Er hat gesagt, er sei damit zufrieden, wenn ich ihn heiraten und ihm die Treue schwören würde, auch wenn ich ihn nicht liebe.

Ich wusste nicht, was ich tun sollte, und habe ihn gebeten, mir noch etwas Zeit zu geben. Heute habe ich in der Zeitung gelesen, dass Silas überfallen und zu Tode geprügelt wurde, und zwar genau in dem Park, in dem wir uns geliebt haben. Ich mag vielleicht nur eine junge dumme Frau sein, aber ich frage mich, ob Harlen etwas damit zu tun hatte.

Ich hoffe, dass ich falschliege.

Deine ergebene Mabel

„Da ist noch einer", sagte ich zu Richter Beck und zog einen weiteren Brief aus dem Umschlag.

19. Mai 1926

Liebste Evie,

ich war nicht sicher, ob ich Dir den vorherigen Brief geben sollte oder nicht, da meine fantasievollen Anschuldigungen Harlen gegenüber bei Tageslicht etwas weit hergeholt erschienen. Aber jetzt, wo unser Hochzeitstermin näher rückt, frage ich mich erneut, ob er den Mord an meinem Silas inszeniert hat. Liebe Freundin, ich hasse es, Dich damit zu belasten. Es ist eine große Freude für mich, Dich mit Howard zu sehen und Eure Liebe füreinander zu bezeugen. Ich bin überglücklich zu wissen, dass Du ein Kind erwartest. Ich muss Dich noch einmal daran erinnern, dass ich nicht die reine Frau bin, für die Du mich hältst, da auch ich ein Kind erwarte.

Eine Zeit lang war ich nicht sicher, da die monatlichen Ereignisse bei mir oft verspätet eintreffen. Vor ein paar Wochen hat sich mein Zustand jedoch bestätigt und ich habe mit Lucille gesprochen. Wir treffen uns oft, wenn auch heimlich, da Vater und Harlen es nicht gutheißen würden. Sie drängte mich, die

Hochzeit abzublasen und zu ihr zu kommen. Sie sagte, sie würde mir helfen.

Evie, ich bin so schwach. Ich glaube nicht, dass ich so leben könnte wie Lucille, obwohl es ihr gefällt. Ich befürchte, dass ich als unverheiratete Mutter in Elend und Armut leben müsste und von der Barmherzigkeit anderer Leute abhängig wäre. Ich habe nicht nur Angst um mich, sondern um dieses Kind, das ich unter dem Herzen trage. Wie könnte ich ein solches Leben für mein Baby wollen? Die einzige Alternative wäre, Harlen zu heiraten und vorzutäuschen, dass er der Vater des Kindes ist. Ich weiß, dass ich gesündigt habe, aber so etwas würde ich nicht übers Herz bringen. Heute Abend werde ich Harlen sagen, dass ich Silas' Kind unter dem Herzen trage und ihn nicht heiraten werde. Ich weiß, dass er sich Sorgen um mich machen wird, denn ich glaube, er liebt mich wirklich, und ich weiß, dass er wütend sein wird, aber es ist besser, wenn ich ihn verlasse und zu Lucille gehe. Ich bete dafür, dass Gott Mitleid mit einem unschuldigen Baby haben wird, das auf sündhafte Weise gezeugt wurde, und mir hilft, es gesund zu halten und in Sicherheit großzuziehen.

Falls wir uns nicht wiedersehen, wünsche ich Dir, Howard und Eurem Kind alles Gute. Du bist meine liebste und engste Freundin und ich bin dankbar für die Zeit, die wir zusammen verbringen durften. Falls ich sterbe, ob auf natürliche oder andere Weise, hat Harlen vermutlich etwas damit zu tun. Er sagt zwar, er liebe mich, aber ich befürchte, dass er dafür sorgen wird, dass mich außer ihm niemand haben kann.

Deine ergebene Mabel

Ich trank einen großen Schluck Champagner und hielt Richter Beck das Glas zum Nachfüllen hin. „Da ist ein dritter Brief", sagte ich. „Ich glaube, er wird am schwierigsten zu lesen sein."

Er füllte zuerst meins, dann sein eigenes Glas auf. „Sie tut mir wirklich leid, aber ich bin froh, dass sie nicht ganz so schrecklich war, wie ich angenommen hatte. Ihre Schwester erklärte sich bereit, die Schuld für ihre Eskapaden mit Silas auf sich zu nehmen. Sie löste die Verlobung mit Harlen, bevor sie sich wieder mit ihrem Geliebten zusammentat. Und es scheint, als hätte sie ihm von dem Baby erzählt und es ihm überlassen, ob er die Verlobung lösen wollte oder nicht."

Es war trotzdem tragisch, dass Mabel schwanger gewesen war, ihr Geliebter getötet wurde und sie entscheiden musste, ob sie einen Mann heiraten, den sie nicht liebte und der vermutlich den Vater ihres Kindes getötet hatte, oder ein Leben in qualvoller Armut auf sich nehmen wollte. Ich holte tief Luft, stellte mein Glas auf den Tisch und begann, den letzten Brief zu lesen.

20. Juni 1946

Liebste Eleonore, geliebtes Kind von mir und Silas,

ich habe diese Briefe nach Evies Tod wiedergefunden und hätte sie fast verbrannt, aber ich dachte mir, dass es Dinge gibt, die Du wissen sollst.

Ich habe immer noch Schuldgefühle, obwohl so viele Jahre vergangen sind. Wenn ich doch nur stärker gewesen wäre. Wenn ich mich doch nur auf meine Intuition verlassen hätte. Zwei Tage vor unserer Hochzeit habe ich Harlen von Dir und von meinem Plan erzählt, wegzugehen und bei Lucille zu wohnen.

Am nächsten Tag wurde Lucille tot im Weiher der Hostenfelders gefunden. Sie haben behauptet, sie habe Selbstmord begangen, aber ich weiß, dass das nicht stimmt. Ich hatte kurz vorher mit Lucille gesprochen und sie war so glücklich und frech wie immer. Sie wurde ermordet und es ist meine Schuld.

Als ich Harlen für Silas verlassen wollte, wurde Silas ermordet. Und als ich Harlen verlassen und bei Lucille einziehen wollte, wurde meine Schwester ermordet. An diesem Tag wurde mir klar, dass Harlen jeden töten würde, der mir einen Ausweg bot. Außerdem wurde mir klar, dass er sehr wahrscheinlich auch mich töten würde, wenn ich mich weiterhin weigerte, ihn zu heiraten.

Du bist mein Leben. Du bist alles, was mir von Silas geblieben ist, und als ich am Morgen vor meiner Hochzeit in meinem Zimmer saß, wurde mir klar, dass ich mich an niemanden wenden konnte. Meine Freundin Evie und ihren Mann konnte ich nicht bitten, mir Obdach zu gewähren, und ich wollte nicht riskieren, dass Harlen mich, und damit auch Dich, töten würde, wenn ich mich weigerte, ihn zu heiraten. Ich musste ausnahmsweise einmal stark sein.

Also ging ich zu Harlen und sagte ihm, dass ich ihn heiraten würde. Ich sagte, dass ich ihm treu sein und unser Ehegelübde nicht brechen würde, bis dass der Tod uns scheide. Meine einzige Bedingung war, dass er Dich wie sein eigenes Kind großziehen und niemals erwähnen würde, dass er nicht Dein leiblicher Vater war. Er stimmte zu und sorgte dafür, dass ich den Rest der Schwangerschaft in einem anderen Bundesstaat verbringen konnte, damit niemand merkte, dass du älter warst, als wir vortäuschen mussten. Er hat eine gefälschte Geburtsurkunde besorgt.

Er hat Deinen Vater ermordet. Er hat Deine Tante ermordet. Aber ich habe dafür gesorgt, dass er Dich niemals angefasst hat. Früher war ich eine schwache Frau, aber in dem Moment, als Du geboren wurdest, wusste ich, dass ich für Dich stark sein musste.

Eleonore, ich liebe Dich so sehr und es freut mich, dass Du einen so gutherzigen Mann wie Maurice gefunden und einen so tapferen und freundlichen Sohn wie Matthew zur Welt gebracht hast. Er erinnert mich in vielerlei Hinsicht an Lucille.

Möge Gott meiner Seele gnädig sein. Ich bin an zwei Morden schuld, dafür werde ich mir nie verzeihen.

Ich liebe Dich von ganzem Herzen,

Deine Mutter

Meine Sicht verschwamm und ich legte den Brief auf den Couchtisch.

„Oh, Mabel", sagte Richter Beck mit heiserer Stimme. „Die Morde waren nicht Ihre Schuld. Harlen Hansen war daran schuld und wenn dieser Fall auf meinem Tisch gelandet wäre, hätte ich ihn ins Gefängnis gesteckt. Sie waren ehrlich zu ihm und haben ihm die Wahrheit gesagt, und er hat Sie behandelt, als wären Sie sein Besitztum, und alle ermordet, die ihm im Weg standen. Es tut mir leid, dass Sie Ihr Leben mit diesem Mann verbringen mussten. Es tut mir leid, dass Sie Silas und Lucille verloren haben und einen Mörder heiraten mussten, damit Ihre Tochter ein gutes Leben hatte."

Es wurde plötzlich kalt im Zimmer und dann sah ich ihn: den Geist von Mabel Stevens. Ihre schattenhafte Gestalt schwebte ins Wohnzimmer und verließ zum ersten Mal das Sideboard und das Esszimmer. Dann verwandelte sie sich direkt vor meinen Augen in eine neunzehnjährige Schönheit in einem Seidenkleid, mit glänzendem dunklem Haar und perfektem Amorbogen.

„Danke", flüsterte sie Richter Beck zu. Dann lächelte sie und verschwand; die Kälte im Zimmer nahm sie mit sich.

„Haben Sie ... haben Sie das gesehen?", fragte ich den Richter. Ich konnte nicht glauben, dass er die Frau, die plötzlich so lebensecht vor ihm erschienen war, nicht gesehen hatte.

Er drehte sich mit gerunzelter Stirn zu mir um. „Was denn?"

Ich stand neben Lucilles Grabstein und beobachtete Matt, der über das unebene Gelände des Friedhofs auf mich zukam. Mabels Geist war nicht zurückgekehrt; sie schien endlich Frieden gefunden zu haben, nachdem wir ihre Briefe gefunden hatten, aber ich wurde das Gefühl nicht los, dass ihre Geschichte erst dann zu Ende sein würde, wenn auch ihr Enkel ihre Briefe las.

„Seltsamer Ort für ein Date", kommentierte er lächelnd, als er näher kam.

„Kein Date", sagte ich und beschloss, ihm reinen Wein über die Art unserer Beziehung einzuschenken. „Freunde haben keine Dates, sie treffen sich einfach auf einen Kaffee oder machen Yoga-Übungen oder helfen bei Spendenaktionen für wohltätige Zwecke mit."

„Und hängen offensichtlich auf Friedhöfen rum", erwiderte er neckend. „Ich nehme an, Sie haben mich hierher gebeten, um mich meiner Großtante Lucille vorzustellen."

Ich reichte ihm den Umschlag. „Ja, und um Ihnen diesen Umschlag zu geben. Er war am Boden einer Schublade des Sideboards festgeklebt. Er enthält Briefe Ihrer Großmutter Mabel."

Er öffnete ihn und las schweigend die Briefe. Er wischte sich über die Augen, als er den letzten Brief las, der an seine Mutter adressiert war.

„Ich wünschte, wir hätten früher Bescheid gewusst", sagte er, faltete die Briefe zusammen und steckte sie vorsichtig in seine Jackentasche. „Ich wünschte, sie hätte es uns zu Lebzeiten gesagt, dann hätten wir ihr sagen können, dass es nichts zu verzeihen gab. Wie konnte sie sich deswegen schuldig fühlen? Sie war nicht diejenige, die Silas und Lucille ermordete. Sie hat Harlen nie betrogen. Und sie hat meine Mutter geliebt – sogar so sehr, dass sie einen Mann heiratete, der sehr wahrscheinlich ein Mörder war, weil sie nicht wollte, dass sie als Bastardkind auf der Straße verhungern musste. Es gab nichts, wofür sie sich hätte schuldig fühlen müssen."

Genau dasselbe hatte ich früh morgens während unserer Yoga-Übungen zu Daisy gesagt. Meine Freundin hatte mir die Augen dafür geöffnet, dass junge Mädchen oft dachten, sie seien für Dinge verantwortlich, die andere taten, und deshalb falsche Entscheidungen trafen.

„Weil sie ehrlich war und Harlen nie betrogen hat, sind zwei Menschen gestorben", sagte ich zu Matt. „Wenn sie sich mitten in der Nacht davongeschlichen hätte und mit Silas durchgebrannt wäre, wäre der Skandal bekannt geworden, bevor Harlen etwas hätte unternehmen können. Möglicherweise wäre Silas nicht umgebracht worden. Und wenn sie einfach mit Lucille weggelaufen und nicht zur Hochzeit erschienen wäre, wäre ihre Schwester nicht gestorben. Sie fühlte sich für den Tod von Silas und Lucille verantwortlich, weil sie Harlen gesagt hat, dass sie ihn verlassen würde."

Matt nickte. „Und obwohl sie alles tat, was in ihrer

Macht stand, um sicherzustellen, dass meine Mutter ein gutes Leben hatte, muss die Täuschung schwer auf einer ehrlichen Person wie meiner Großmutter gelastet haben."

„Außer Ihrer Mutter hatte sie nichts", sagte ich leise. „Sie war alles, was von ihrer Liebe zu Silas übrig geblieben war. Und wie Sie gelesen haben, haben Sie sie an ihre Schwester Lucille erinnert."

Matt trat an den Grabstein heran und legte die Hand darauf, direkt neben meine. Arme Lucille. Temperamentvoll und mutig. Unabhängig und frech. Sie hatte einen Job, lebte glücklich mit ihren Freunden zusammen und wollte heiraten. Und dann war plötzlich alles vorbei. Es gab so viele Dinge, die wir nie erfahren würden – zum Beispiel, wen Harlen angeheuert hatte, um sie zu töten, oder wie der Mörder es geschafft hatte, sie zum Teich der Hostenfelders zu locken. Es überraschte mich, dass die ganzen Jahre über nichts von all dem ans Licht gekommen und Harlen nicht von dem Mann erpresst worden war, der die Tat begangen hatte. Ich war sicher, dass er Silas und Lucille nicht eigenhändig ermordet hatte.

Ein Mann wie Harlen Hansen hatte Beziehungen gehabt und war mit Richtern und Polizisten befreundet gewesen. Vielleicht hatte er dafür gesorgt, dass der Mann - oder die Männer -, den er angeheuert hatte, die Stadt verließ oder selbst auf mysteriöse Weise ums Leben kam.

„Es ist eine traurige Geschichte und ich möchte meine Oma nicht als Opfer in Erinnerung behalten", verkündete Matt. „Sie war eine freundliche und ehrliche Frau, die mutig und viel stärker war, als sie dachte. Sie war bereit, alles aufzugeben, um mit dem Mann zusammen zu sein, den sie liebte, und als sie erfuhr, dass sie schwanger war, war sie bereit, sich dem Leben einer jungen, unverheirateten

Mutter zu stellen und sich auf die Hilfe ihrer Schwester zu verlassen. Das ist mutig."

„Und als ihr nichts anderes mehr übrigblieb, tat sie, was sie tun musste, um für ihr Kind zu sorgen", fügte ich hinzu.

Matt legte seine Hand auf meine. „Vielen Dank, Kay. Ich bin froh, dass Sie eine neugierige Wichtigtuerin sind und die Geschichte ans Licht gebracht haben. Jetzt weiß ich, wie mutig meine Großmutter wirklich war und wie sehr sie sich für meine Mutter aufgeopfert hat."

Und ich hatte endlich ein schönes Möbelstück im Esszimmer, an dem kein Geist haftete, und die Genugtuung, dass die neugierige Wichtigtuerin in mir dazu beigetragen hatte, dass ein ruheloser Geist Frieden gefunden hatte. Ich zog meine Hand weg und lächelte ihn an. „Haben Sie Lust auf einen schnellen Kaffee, bevor ich wieder zur Arbeit muss?"

Er lächelte zurück. „Sehr gerne. Und egal, was Sie sagen, für mich ist es ein Date."

DER LOKALMATADOR

Der 4. Juli ist ein wichtiger Tag in Locust Point – es findet eine Parade, ein Feuerwerk und die mit Spannung erwartete jährliche Flussregatta statt. Dieses Jahr nimmt Holt Dupree, ein örtlicher Prominenter, an der Feier teil und brüstet sich damit, zum NLF-Team zu gehören.

Aber nicht jeder liebt Football - und nicht jeder ist ein Fan von Holt Dupree.

Jetzt ist der Lokalmatador tot und es sieht so aus, als wäre der Autounfall, der ihn getötet hat, kein Unfall gewesen. Plötzlich gibt es mehr Verdächtige, als ihr lieb ist, und Kay Carrera steckt knietief in einem neuen Rätsel.

WEITERE ROMANE VON LIBBY HOWARD

Detektivgeschichten aus Locust Point:
Die Enthüllung
Der Mann vom Schrottplatz
Antike Geheimnisse
Der Lokalmatador
Ein literarischer Skandal
Die Wurzel allen Übels
Der Grabplatz
Das letzte Abendmahl
Tod um Mitternacht
Feuer und Eis
Der Rassenbeste
Kalte Gewässer
Fünf für einen Dollar
Einsame Herzen
Die Zerrspiegel

Reckless Camper Mystery Series -

The Handyman Homicide
Death is on the Menu
The Green Rush
Elvis Finds a Bone
A Neighborly Stabbing
Suspicious Llamas

DANKSAGUNGEN

Besonderer Dank geht an Lyndsey Lewellen für das Coverdesign und die Typografie - und an Erin Zarro für das Lektorat.

ÜBER DIE AUTORIN

Libby Howard lebt mit ihren Söhnen und zwei ausgelassenen Bloodhounds in einem kleinen Haus im Wald. Sie strickt ab und zu, backt gerne und kümmert sich um die Wäsche. Die meisten ihrer Texte schreibt sie in einer Bar, wo sie während der Arbeit Leute beobachten, ein anständiges Mikrobrauereibier trinken und sich einen Teller „Old Bay Wings" gönnen kann.

Weitere Informationen:
www.libbyhowardbooks.com

www.ingramcontent.com/pod-product-compliance
Lightning Source LLC
Chambersburg PA
CBHW031236210726
48287CB00003B/791